Harry P. Klausens

DASEINSROMAN
[3.3.23]

In seiner DASEINSROMAN-Romanovelle spürsucht dieser Harry P. Klausens den Ereignissen nach, welche an jenem Tag, jenem 3.3.2023 [3.3.23] ablaufen könnten und auch tatwohlwesentlich dann passiert sein sollen. Das Dastehende verbaut das „Rufende" der Fließ-Existenz in der Modernität im Heutigen der Kühnlichkeitszeit zu einer sehr mitnehmenden Puls-Geschichte. Da wäre Juzilia, die beim Wohngeldamt arbeitet. Sie hat heute einen Freitag, der schon um 15:30 Uhr enden soll, auf der Arbeit. Aber der Streik bei den Nahverkehrsbetrieben zwingt sie zu einem Fußmarsch von Wumms nach Sprichen, wo das Rathaus steht. Sie trifft auch Yulia, eine aus der Ukraine Geflüchtete. Zugleich berichten Mitarbeiter im Rathaus von Geräuschen, irgendwo draußen, dieweil Juzilia nur Sirenen hörte, die von der Feuerwehr. Das Wetter ist leidlich, soll aber am Wochenende schlechter werden. Die Gemengelage ist von Zweifeln, Angst, Sorgen, wenig Geld und allerlei Sonstigem bestimmt. Löcher tauchen auf, Löcher, immer mehr Löcher. Alle Menschen sind in Unruhe.

HARRY P. KLAUSENS verkündet sein Klammern und doch kaum ein Verzagen. So erkämpft er das Rausgehen über scheinbare Verlustbohrungen. Sein Name kann wohlform sein, beweist uns aber, dass sich diesem Schreibhervortuer und Wortaufspalter keine Freidenklichkeit, aber einiges an Vorreichungen zubringen ließe. Nur dieser Tag im März könnte zur Verkiesung der ewigen Kälte (als Krieg) heranreichen. Klausens schreibt auch LIVE-Gedichte, gewiss, er erstelzt zudem immer wieder mal Petizetten. Es entstehen dann auch noch solcherartige Textate. Er rackert stets an Büchern, Zitaten, Allerleiraureich und -rauarm. Außerdem sind da jene Blogs in seinen Leib geschnabelt. Nun flackert vor uns wieder einmal der eine Roman des seienden Tages. Erst die Menschen nach unserer Zeit werden erlöblichen und vergesslichen können, was wir an ihm müssen und wollen getan zu haben hätten. Insgesamt ist es kaum cool, was euch damit begonnen sein würde. Dennoch: Dieser Mensch kann nur von sich spreizen, was ein goldenes Hirngestanze ihm zuerkennt. So wie alle Walzpartikel von bombigen Sätzelchen umflossen werden und weiterbangen müssen. Zur Not auf keinerlei Asphalt. Die Welt scheint kaputt.

Harry P. Klausens

DASEINSROMAN
[3.3.23]

Romanovelle von 120 Seiten

Bibliografische Information der Deutschen Nationalbibliothek: Die Deutsche Nationalbibliothek erfasst diesen Buchtitel in der Deutschen Nationalbibliografie. Die bibliografischen Daten können im Internet unter http://dnb.dnb.de abgerufen werden.

Umschlag: Erstellung (samt Fotos), Copyright für alles © Harry P. Klausens, Hauptschrift: Myriad.
Lektorat: Harry P. Klausens.
Endredaktion: Harry P. Klausens.
——
ISBN: 978-3-7460-9186-0
Erste Auflage März 2023
Herstellung und Verlag:
BoD – Books on Demand, Norderstedt.
Printed in Germany (EU)

www.klausens.com
[Copyright]
© Harry P. Klausens – info@klausens.com

DA IST DORT, NUR: DORT IST KEINS DA

Niemand hatte verkennwallen können wollen,
Wie die Welt sich dollächzend zerbricht,
In Waffenschreien und Erdbeben wüst ergeht.

Denn alles ist eine zunehmende Nichtsahnung,
Zugleich hämmert gar laut das Alleswissen,
Weil wir recht dumm doch sind, aber nie doch!

Lasset die Wale bald sterben, nur so wird es gut.
Kein Baum soll mehr grünen, wozu denn auch?!
In den Distopien zählen nur Farben des Grauens.

Da weinte ich Juzilia an, ja, meine Euter zitterten,
Bis ein letztes Kamel sich den Höcker verstauchte,
Weil Wasser keines solches nimmer da werde sein.

Ach, Menscherleins Wummern ist nur noch eines,
Wessen ich Euch tollkühn angstsam erzählen könnte,
Wolltet ihr es denn wirklich auch realiter wissen,

Was alles so geschrieben steht, in den Büchern,
Die wir heute Festplatten und Clouds nur nennen,
Hat sich nicht(s) geändert ... am Untergonggang.

Da. Dasein.

Der Mensch war da.

Wir alle sind da, bis wir zerfallen.

Wir schreiben unsere Bücher, aber wenn wir weg sind, dann sind nur noch die Bücher da. Von uns. Manche behaupten, das wären dann unsere Seelen, ins Geschriebene verpackt. (Bei Bildern ist es dann ähnlich, oder Filmen, oder Tönen.)

Sobald das jemand dann liest, 100 Jahre später, 500 Jahre später, dann erstehen wir in dem Kopf dieses Menschen wieder auf. Unsere Seele wabert dann durch die Hirnwindungen (auch die Herzwindungen?) der dann Lesenden. Ach ja, so also funktioniert das alles!

Juzilia hatte also endlich das Wesen aller Religionen verstanden, auch das Wesen der Bücher: Im Kern sollten Seelen bewahrt werden. Liest man, erstehen die Seelen fast neu. Werden wiedererweckt.

Liest man nicht ... mehr, schlafen die Seelen ... ein, bis dann jemand wieder was von diesen Leuten liest.

Aber Juzilia war gar keine Schreiberin. Also würde man von ihr nichts lesen können.

Über sie denn? Als Person?

Nur wenn jemand über Juzilia schreibe. Es soll ja

jenen Klausens geben, der diese Tagesromane verfasst. Würde der über sie, Juzilia, schreiben, dann würde vielleicht in 1000 Jahren jemand von ihr lesen und sie wäre als Seele dann „voll aktiv".

Juzilia verwarf diesen Gedanken wieder.

Sie musste zur Arbeit, heute, an einem Freitag. Sie wollte wie immer die Bahn nehmen, jeden Tag, immer, aber man hatte gestern und vorgestern schon gesagt, das werde nichts.

Wieso denn, wie?

Weil sie doch streiken. Es gab doch diese Inflation, und die dauert noch an. Auslöser war der böse Krieg Russlands, das weißt du doch. In der Folge kam die ganze Wirtschaft aus dem Lot, Stopp der Energie aus Russland, kein Gas mehr von da, wir wollten nicht, die drehten dann auch zu, solche Dinge, aber auch zu wenig Weizen zum Beispiel in Afrika, alles solche Dinge. Alles wegen Putin und diesem gemeinen Krieg, den man in Russland nur Sonderoperation nennen darf. Oder wie hieß das Wort? Juzilia wusste es wohl, sicherlich, aber so ganz genau hatte sie doch nicht zugehört.

10 Prozent mehr Lohn, das wäre mal was.

Oder wollten die 15 Prozent? 12,5 Prozent?

Alles war doch berechtigt, in solcher Zeit.

Aber wer sollte es zahlen?

Fordern kann man alles, zahlen muss ja auch wer. Der Staat hechelt doch. Nix da, Kommunen verschuldet, und so weiter. Wie zaubert man Geld und Reichtum herbei? Schnell?

Juzilia wusste also, es würde nichts heute fahren. Kein Bus, keine Bahn, kein Halm. Sechs Bundesländer waren betroffen. Man musste sowieso jeden Tag mit allem rechnen. Streik da, Ausfall dort, Krankheit hier.

Sie hatte gestern noch angerufen, beim (anderen) Amt, in Klinggohl, wegen des neuen Personalausweises, ihres eigenen, aber da hieß es: Sie rufen zur falschen Zeit an. Auf dem Anrufbeantworter. Am Donnerstag zwischen 14 Uhr und 16 Uhr. Sie hatte um 14:40 Uhr angerufen, zur richtigen Zeit, der Anrufbeantworter der Behörde sagte aber, es sei die falsche Zeit.

In so einem Chaos musste der Mensch leben.

Am Ende sagten alle: Wir haben einen so hohen Krankenstand. Bitteschön! Ganz Deutschland schien krank zu sein, und halb Deutschland schien nun auch krankgeschrieben zu sein.

Deshalb funktionierte ja kaum noch etwas. Beziehungsweise, es wurde behauptet, dass deshalb kaum noch etwas funktionieren würde.

„Busse und Bahnen fallen vielerorts aus", so lautete eine Unterzeile auf ntv, dem Sender. Ja, das hatte sie heute noch geguckt, bevor sie das Haus verließ.

Juzilia musste gehen, mit Fuß und Bein, gehen, das war ihr klar. Dasso hätte sie bringen können, im Auto, aber das wollte sie nicht, weil dann Dasso und sie wohl nur im Stau geständen hätten. Im Auto, aber auch im Stau.

„Dasso, das bringt doch nichts! Lass mich gehen!"

Aber warm war es ja auch nicht gerade. Um die zwei Grad war es, andernorts vielleicht auch mal minus dreizehn. Auf dem Brocken vielleicht noch kälter. Die Wohnung hatte 15 Grad, oder 14, Heizung nicht an, sowieso. Fast nie an.

Und in der Ukraine?! Kalt?

Yulia aus der Ukraine: Sie hatte ihr erzählt, wie die Leute in den Kellern ausharren, weil darüber, über den Kellern, alles zerbombt ist. Ja, kalt auch.

Putin, den Namen hatte sie Hunderte Male gehört, vielleicht an einem einzigen Tag nur: Hunderte Male, Tausende Male in der Woche. Putin war ihr die Ausgeburt des Schreckens. Man vergaß, dass ja andere auch mitmachten, mitbombten, Befehle gaben, Befehle ausführten, aber Putin war der Kopf, und er hatte nur fünf Buchstaben: P und

U und T und I und N.

Juzilia hätte sich für die eigene Person einen kürzeren Namen gewünscht, manche sagten auch „Juli" zu ihr, schön, dennoch konnte sie von der langen Namensversion nicht lassen. Sie war da eher konservativ. Außerdem dachte sie an eine Juliana ohne jegliches z, die in den Niederlanden bedeutend gewesen war.

Sie, Juli, also Juzilia ... ging nun schon, lief bereits, liefging, ginglief, schnell war sie ja, man sollte es kaum glauben, sie ging. Wegen des Streiks ging sie dahin. Die Zeit ging auch dahin, was soll's?

Auf der Max-Kleiber-Straße waren wirklich verdammt viele Autos. Man konnte diese Luft erriechen, wenn Autos stehen und trotzdem Motoren laufen. Wenn der Motor hinten was rausdampft, was in die morgendliche Kühle abgeht.

Dasso war noch im Bett, dachte sie. Oder wieder. Er würde heute als Homeoffice sein Tun gestalten. Wie gut es Dasso doch hatte! Sie aber musste zum Dienst. Es war wirklich alles nur trist und unschön. Acht Kilometer hätte sie zu gehen, das war noch überschaubar. Würde sie in Kammerling arbeiten, hätte sie das Doppelte veranschlagen müssen. Außerdem seitlich zur Bundesstraße! Gehen Sie doch mal seitlich zu einer Bundesstraße.

Auch Julchen hatte gesagt: „Wie froh du sein kannst, dass du in Sprichen arbeitest, und nicht in Kammerling!" Julchen arbeitete in Sprichen, wohnte aber auch dort. Wieder eine andere Situation. Juzilia wohnte hingegen in Wumms, musste aber nach Sprichen.

Eigentlich mochte Juzilia das Gehen. Ja, es war kalt, sie würde länger als eine Stunde brauchen, auch wenn sie recht zügig ging. Aber es war auch schön, sich in Bewegung zu spüren.

Wenn sie sonst morgens die Bahn nahm: Wohl fühlte sie sich nämlich darin nicht. Also nicht die Bundesbahn, sondern die Straßenbahn. Linie 458.

Sie schaute im Gehen aufs Smartphone, aktuelle Meldungen, vom Verkehrsverbund:

„Sehr geehrte Fahrgäste,

am Sonntag, den 05.03.2023 wird die Kaiser-Wilhelm-Allee und die Otto-Bayer-Straße aufgrund des Laufes „Rund um's Bayerkreuz" in beiden Fahrtrichtungen in der Zeit von 6:00 Uhr –17:00 Uhr gesperrt.

Die Linie 201 wird daher über die Friedrich-Ebert-Straße umgeleitet.

Die Haltestellen „Chempark Kasino" und „Chempark Tor 10" entfallen.

Die Haltestelle „Chempark Löwe" wird am Haltemast der Linie SB25 angefahren.

Empfehlung:

Bitte nutzen Sie die Haltestellen „Chempark Löwe" oder „Chempark(S)".

Das hatte nun nichts mit alledem zu tun. Sie wollte Infos vom Streik heute, am 3.3.2023.

Laufen? Tat sie doch quasi jetzt schon, so schnell, wie sie die Beine nach vorne schlug. Dünne Thermohose! Immerhin. Darüber dann Jeans. Immerhin!

Wo war denn mal was zum Streik heute? Der 5.3, der lag noch so weit. Leverkusen war auch weit.

Heute war der Tag, heute musste sie hier gehen, nein, eilen, dass sie auch ja zum Amt käme. Zur Arbeit.

Gise war krank, das stand fest. Sie, Juzilia, würde heute also alleine ackern müssen. Gise hatte sich auf Corona bezogen, alles war aufgehoben, man durfte so, wie man wollte, keine Maske, und so, dennoch waren noch massig Leute krank, oder taten so, wer wusste das schon.

Sie, Juzilia, war noch gesund, sie konnte gehen, und so war es ja auch schön. Heute war auch noch Freitag, das ja auch.

Dasso wollte aus seinem Homeoffice heraus tatsächlich bis nach Dortmund, in dieses Big-Stadion, mit den 80.000 oder wie viele gingen da rein? Dortmund gegen Leipzig, diese RB-Truppe. Red Bull? Rasenball? Rasante Blasen? RudelBubis?

Dasso, du spinnst. So sagte sich Juzilia. Und sie dachte da richtig. Wer, bitteschön, tut sich heute die Anreise zu so einem Spiel an? Bei Streik!

Anreise

ver.di-Warnstreik: BVB informiert über Auswirkungen auf das Freitagsspiel

Die Gewerkschaft ver.di plant für den kommenden Freitag, 3. März, einen ganztägigen Warnstreik, der den Öffentlichen Personennahverkehr in Dortmund weitestgehend sowie den Bus- und Stadtbahnverkehr von DSW21 komplett stilllegen wird. Die Streikmaßnahmen werden leider erheblichen Einfluss auf die An- und Abreise Zehntausender Fans haben, die am Abend (20.30) im SIGNAL IDUNA PARK das Bundesligaspiel zwischen Borussia Dortmund und Rasenballsport Leipzig verfolgen möchten. Der BVB appelliert ausdrücklich an alle Besucher, die folgenden Informationen zu beachten und sie in der Planung ihrer An-/Abreise zu berücksichtigen. Update: Wir aktualisieren diesen Artikel, sobald neue Informationen vorliegen.

Aufgrund der ver.di-Streikmaßnahmen werden sämtliche

Stadtbahn- und Buslinien der DSW21 am Freitag nicht fahren. Dies gilt vom Betriebsbeginn (ca. 3.30 Uhr) bis Betriebsende (ca. 1.30 Uhr am Folgetag). Betroffen ist u.a. auch das Unishuttle. In gleicher Weise werden die von der DSW21 in den Nachbarstädten Castrop-Rauxel (480, 481, 482 und NE 11) und Schwerte (430, 435 und NE 25) betriebenen Buslinien betroffen sein. Züge der Deutschen Bahn und S-Bahnen, die nicht vom Streik betroffen sind, werden möglicherweise überlastet sein.

So genau wollte sie es dann doch nicht wissen, unsere Juzilia. Sie war schon öfters mit Dasso mit beim BVB gewesen, zum Spiel, aber wieso Dasso sich derart ereiferte, das war ihr ein Rätsel.

Überhaupt kam es ihr immer so stressig vor, wenn sich Tausende aufmachten, um irgendwohin zu gelangen. Es ging ja immer um Masse, unendliche Massen von Menschen.

Ja, in der Türkei waren schon über 50.000 gezählt worden, und in Syrien, genau, von dem Erdbeben. Eine unfassliche Zahl, und die hätten ein normales Stadion (Dortmund war ja extrem groß) füllen können. In Köln das. Man könnte sich jeden Platz mit einer toten Person belegt vorstellen, oder eben nicht vorstellen, so war es geworden, nach dem Erdbeben. Wie schlimm.

Viele werden unter Schutt für immer begraben

sein. Und was passiert, wenn dann der Bagger kommt, wenn die Raupe kommt? Werden dann Schutt und verstorbene Menschen als Spezialschutt irgendwohin gefahren? Verbuddelt? Oder zu Trümmerbergen aufgefahren? Hochgeschoben? Dann wären es ja fast schon Pyramiden aus Schutt und Toten, Grabmale/-mäler (wie denn?) der Moderne. Erdbeben waren nicht modern, aber die Baustoffe, die dann alles zum Einsturz brachten. Also die Nutzung der Baustoffe, dieses Zusammenkleistern von und mit Beton. Die ganze Streichholz-Architektur. Unglaublich, unglaublich.

Juzilia wohnte mit Dasso in der Berkenbrecherstraße 203. Ja, Parterre. Dann konnte die Katze raus. Mutter Breni hatte immer geklagt, es würde so stinken, alles wäre ja „Katze" in der Wohnung, das sei unerträglich. Juzilia hatte dann gekontert, dass Frau Heidenreich, ja, Elke, die habe doch mit einem Kater als Buch, Corleone, nee, Nero Corleone, Millionen verdient, oder jedenfalls viel Geld. Wieso die Mama immer über die Katze klagen würde. Patty war doch ein süßes Gedings. Mit diesen herrlichen Streifen, weshalb Julchen von „einem Mini-Tiger" immerzu sprach.

Ich bin stolz auf meine Katze, dachte Juzilia. Neben ihr war ein Mercedes, beim Gehen, die

Straße, wirkte sehr flach, der Wagen lag auch tief, schnittig, schwarzgrausilbern, aber der gab immer extra viel Gas. Der Fahrer. Man sollte wohl hören, dass er einen starken Motor hatte. (Und dann fahren die illegale Wettrennen und bringen Radfahrer sinnlos in den Tod, das dachte Juzilia auch.)

Alle machen auf stark.

Schwache sind unerwünscht, Starke sind Juzilia aber zuwider, vollkommen zuwider.

Sie arbeitete auf der Wohngeldstelle, sie machte das seit drei Jahren, und sie tat es nicht gern.

Aber man kann sich nicht alles im Leben aussuchen. Sie war da in diesen Bereich gelangt, und so schnell würde sie nicht wegkommen.

Anfangs dachte sie, alles wäre gut. Das floss so ruhig dahin, sie mit Gise, und beide kamen gut klar, das war schon was. Man hat dann wenig Sprechstundenzeit, also auch wenig Laufpublikum, auch die Dienstzeiten am Telefon waren klar eingegrenzt. Dann konnte man schön im Büro sitzen, arbeiten, ungestört arbeiten oder auch mal langsamer arbeiten. Auch mal was reden, bei der Arbeit.

Was Juzilia störte, das war das Kaum-Vergehen der Zeit. Denn diese ganzen Papiere, die interessierten sie ja nicht wirklich. Sie wartete also immerzu auf den Feierabend. Sie starrte auf die Uhr, sie wollte es sei 16 Uhr, aber es wurde eben nie sofort 16 Uhr, nie sofort.

Mit dem Wohngeld, das war ja dieses Jahr anders. Da wurde die Bemessungsgrenze verschoben, weil doch die Leute in die Armut abrutschen. Ja, das stand alles mit dem Putinkrieg in Verbindung. (Durfte sie das Wort „Krieg" denken, oder würde man sie nun verhaften? Aber sie lebte ja nicht in Russland, wie fein!)

Alles hing zusammen, teure Energie, teurer Strom, teure Heizung. Es hatten sich diese Sachen so dramatisch verändert. In der Ukraine gab es Tausende Tote, und in Deutschland die hohe Inflation. Aber alles hing mit allem zusammen. Das hatte Juzilia auch schon bemerkt. Sie wusste ja auch, dass der Joghurt nun 85 Cent kostete, den sie vorher noch für 39 Cent bekam. Selbst das Katzenfutter war deutlich teurer geworden. Butter auch, aber die aß sie nicht.

Sie wusste auch, dass Olaf Scholz heute in die USA fliegt. Ja, sie passte immer auf, was in der Politik passierte. Alles ein bisschen wissen, ein bisschen.

Natürlich war sie gerne bei TikTok (gewiss: kommt aus China, gewiss, aber ist doch so schön, TikTok machte so viel Spaß) ... Instagram und Co unterwegs, aber etwas Politik, das musste auch sein. Gegen Gewerkschaften war sie auch nicht, sie selber hielt sich aber da raus. Die von „ver.di" machten das heute mit dem Streik, na bitte, öffentlicher Dienst und ihre Stadtverwaltung in Sprichen, das war ja am Ende alles eine Soße.

Die Leute von der Müllabfuhr hatten richtig schicke Overalls, im Übrigen.

Sie selber begrenzte sich ja auch, mit ihrem Lohn. Wer fragte sie?

Keine Luftsprünge. Ein bescheidenes Gehalt. Sachbearbeiterin, das sagte sie nicht gerne. Es hörte sich nach allem und nach nichts an. Aber das Geld war auch bei ihr knapp, Dasso mit seinen Programmiersachen, der verdiente deutlich mehr. Gewiss. Der durfte auch Homeoffice oft machen. Gewiss. Aber ihr Schreibtisch in Zimmer 436, der war auch ganz schön. Das war eine kleine Heimat für sie, wo sie mit Gise den Tag wegarbeiten konnte, bis dann nach 16 Uhr so langsam die Freiheit begänne.

Ja, sie ging noch, gehen als eilen, keine Angst, sie hatte sich den Weg auf der Karte zusammengesucht, aber jetzt wusste sie nicht mehr, ob sie die Obrecherstraße oder die Kerngasse nehmen sollte. Aufs Smartphone wollte sie auch nicht schauen, da hätte sie anhalten müssen, und der Bildausschnitt war doch so klein!

Immerhin ging sie von Wumms nach Sprichen, aber beide Orte gingen doch ineinander über, eigentlich war es doch wie eine (einzige) Stadt, Kammerling lag etwas weiter, da gab es noch einen Kilometer Wald, während Sprichen und Wumms und auch Koob letztlich eine Gemeinde geworden waren. Nein, nicht auf dem Papier, aber real. Also mal real draufgeschaut war das eins. Ein Ort. Weil alles auch so ähnlich aussah. Leider hatte in Wumms der Kaufhof geschlossen, oder Galeria, wie es dann hieß. Da war alles leer nun, was Wumms verdammt geschadet hatte.

Wohngeld Plus für zwei Millionen Haushalte

Ab 2023 bekommen zwei Millionen Haushalte mit kleinen Einkommen Anspruch auf Wohngeld – heute sind es 600.000. Das neue „Wohngeld Plus" wird deutlich höher sein: Im Schnitt wird das Wohngeld verdoppelt. Mit einer dauerhaften Heizkostenkomponente sorgt die Bundesregierung zudem dafür, dass die Menschen die steigenden Heizkosten bezahlen können.

Höheres Wohngeld für mehr Berechtigte: Zwei Millionen Haushalte profitieren

Zum 1. Januar 2023 kommt die größte Wohngeldreform in

der Geschichte Deutschlands. Damit können rund zwei Millionen Haushalte das neue „Wohngeld Plus" bekommen. Bisher erhalten rund 600.000 Haushalte Wohngeld.

Allein rund 1,4 Million Haushalte erhalten durch die Reform erstmals oder wieder einen Anspruch auf Wohngeld.

Wer hat Anspruch auf das „Wohngeld Plus"?

Hierzu zählen Haushalte mit einem geringen Einkommen – dazu zählen vor allem Familien und Alleinerziehende sowie Seniorinnen und Senioren. Wohngeld wird als Zuschuss an Haushalte gezahlt, deren Einkommen knapp oberhalb der Grundsicherungsgrenze liegt.

Wohngeld dient der wirtschaftlichen Sicherung angemessenen und familiengerechten Wohnens. Daher können Mieterinnen und Mieter sowie Eigentümerinnen und Eigentümer mit geringeren Einkommen Wohngeld erhalten.

Sie grüßte wen. Das war Hinnert, ein Nachbar, ja auch in Sprichen, nee, Wohnung in Wumms. Der saß im Auto, hatte die Scheibe leicht runtergekurbelt: „Ich habe dich Karneval bei Bellers vemisst!"

„Bellers, da gehen wir nicht mehr hin. Wir sind immer beim Golzer Hof, die haben die beste Stimmung!"

„Wir? Also: du und Dasso?!"

„Ja, wir sind immer noch zusammen. Das müsstest du doch wissen."

„Aber Dasso spielt doch nicht mehr. Ich treff den nie."

Für die Lesenden: Dasso hatte eine schwere Verletzung am Gelenk erlitten, das war vor zwei Jahren. Jetzt spielte er nicht mehr. Und es war unklar, ob der VfL Wumms 09 noch jemals auf Dasso würde setzen können. Vielleicht war Dassos Zeit in der Landesliga vorbei. Für immer.

Juzilia hatte versucht, ihn zu trösten. Sie hatte ihm sogar die Katze Patty mehrfach pro Tag einfach so auf den Schoß gesetzt. Am Wochenende, wenn beide viel Zeit hatten. Es war ihre Art, den Dasso zu trösten. Ob er das sah?

„Also, Juzilia, man sieht sich, wenn der Stau sich aufgelöst hat …" Das war Hinnert.

Das sollte ein kleiner Witz sein. Es war unverständlich, wieso Hinnert so gut gelaunt sein könnte, an so einem stressigen Tag. Deutschland ohne öffentlichen Nahverkehr, und das Reisen war so ja schon voller Fehlzeiten, Verspätungen und Ärgernissen. Beim Wort-Zweier „Deutsche Bahn" gab es immer wieder betroffenes Hüsteln.

Bahn: Ärgernisse? Und auch: Hornisse?

Juzilia fand beide Wörter sehr ähnlich, beides voller Gefahr, voller schlechtem Gefühl. Dieses „… nisse", da musste man wohl aufpassen. Geheimnisse gab es ja auch. Wieder mit „...nisse".

Ach so, mit dem Wohngeld, da alles anders werden würde, 2023, gab es auch eine rasante Zunahme der Anträge. Die mussten alle bearbeitet werden, zugleich schien alles erst ab 1. April gesetzesgültig zu sein, dann man musste man auch noch rückwärts rechnen.

Deshalb hatten sich sie und Gise weiße Blätter erarbeitet, ja, die mussten auch genehmigt werden, von Gernhaber-Liech, sicherlich, aber eigentlich kamen die Bätter von ihr und Gise.

Da musste man nur anticken, solche Kästchen waren auf dem Blatt, und schwupps wurden die ausgesandt: Was die Leute noch einzureichen hätten, damit der Antrag genehmigt werden könne, sofern die Unterlagen das am Ende auch zuließen.

Man wollt ja jetzt digital. Aber sie und Gise fanden Papier (noch!) eher besser. Gise liebäugelte mit dem Digitalen, auch das, sie war affin, aber die Masse war immer noch Papier. Und das klappte besser.

Es war alles im Umschwung jetzt, viele der Anträge kamen per Mail rein, dann auch wieder alles in den Anhang der Mail, aber viele kamen auch mit der Post, auf Papier, eigentlich war das ein schöneres Arbeiten.

Heute aber wäre sie ja allein – wieso Gise auch krank sein musste?! Das bei der Antragsflut! Sie überlegte, ob sie selber vielleicht bei sich selber wegen Wohngeld einen Antrag stellen dürfte: a) bezogen auf die rechtliche Lage, beim Lotto durften Angehörige doch auch nicht. b) Ob sie mit ihrem Lohn vielleicht in die Bemessung nun käme. So wenig hatte man auf dem Teller dieser Tage!

An der Ampel zur Fettweiser Straße musste sie länger warten. Fußgänger waren nicht vorhanden, dachte sie. Sicher, es gibt die Fußgänger-Ampel, es gibt das Fußgänger-Licht, aber de facto zählten nur Autos. Es gab (angeblich) Ampeln, da drückte man drauf und binnen Sekunden sprang die auf die Farbe Grün, alles für die Fußgänger. Aber Ampeln dieser Art waren vielleicht 0,001 Prozent, aus ihrer eigenen Erfahrung heraus.

Hier sollte sie wieder über zwei Minuten stehen, weil die Straße so furchtbar wichtig war. Freunde, schaut doch hin, hier ist heute sowieso Schrittverkehr! Eigentlich hätte sie durchmarschieren können, durch die Autos, sich zwischen den Stoßstangen, vierspurig war es hier, sich auf die andere Seite bewegen.

Aber sie wartete lieber. Ja, das hatte man ihr

anerzogen. Warte lieber, Juzilia, warte lieber. Nicht so schnell. Sei behutsam, gehe kein Risiko.

Am Kiosk von Tschernik schaute sie auf Schlagzeilen. Sie schaute aber nicht wirklich. Eigentlich suchte sie das Wort „Ukraine", sie liebte dieses Land. Die Ukraine kannte sie so nicht, sie kannte nur die Berichte. Aber dieses Land war in ihrem Herzen als „nur gut" codiert.

Wann immer sie das Wort „Ukraine" las oder hörte, sprang sie innerlich etwas hoch. Sobald aber „Putin" und „Russland" zu lesen oder zu hören waren ... oder zu schauen, z. B. im Fernsehen, dann wurde sie innerlich wütend ... und war sofort schlecht gestimmt.

Sie wollte mal auf der Amtsbesprechung, ja, da war auch die blöde Heberer von der Kindergeldstelle dabei, folgendes sagen. „Diese PUTIN Stadt PUTIN Sprichen PUTIN hat PUTIN es PUTIN nicht PUTIN besser PUTIN verdient." So ihre Idee: Die Dinge sind schlecht, und wenn man Probleme in Sprache bringen will, dann muss man nur „Putin" als jedes zweite Wort sagen, dann würden die Leute verstehen, dass alles in dem Satz nur schlecht sei.

Die Heberer war sowieso voll blöde.

„Die Ukraine braucht dringend Munition", das hatte der Friedrich Merz heute am Morgen noch gesagt. Zweimal sogar. So wichtig war dem das. Plötzlich wollen alle schießen und töten, das ist ja unglaublich. Aber anders ging es kaum.

Sie stellte sich vor, wie Wilhelm Gilz, der Nachbar, von draußen in ihre Wohnung eindringen würde, und was sie und Dasso dann zu tun hätten. Natürlich würden sie sich wehren. Nicht nur mit einer Pfanne, sie selber hatte ja auch Pfefferspray, so war es ja nicht. Das hatte ihr Julchen mal halblegal aus den Niederlanden mitgebracht. Echtes gutes Pfefferspray.

Wilhelm Gilz war ein komischer Vogel, er soll mal mit einer Fahne gesehen worden sein, die an das alte deutsche Kaiserreich erinnert. Wie sieht so eine Fahne denn aus? Juzilia wusste es nicht, aber dieser Wilhelm Gilz, der machte ihr doch Angst, das doch! Karneval ist der richtig voll, richtig besoffen in der City von Wumms gesehen worden.

Juzilia näherte sich dem Rathaus von Sprichen, sie lief mit anderen, die auch zu Fuß kamen: Belchlein dabei, auch Termer, dazu Hestert und Aberlozy. Kinkerlitz, Wimen, Ranziano. Zranck, Koblich, Basserwein. De Falime. Sie dachte, sie könnte eine Fußballmanschaft aufstellen. Namen über Namen, ob Stadtverwaltung, ob Fußball, es war doch alles das

Gleiche. Gesichter, Namen, aber welche Personen waren das? Wie nah waren sie ihr?

Mit Gise verstand sie sich, ja, Gise, aber viel mehr bleiben jetzt nicht übrig. Bürgermeister Klummgießer hatte sie mal namentlich gegrüßt, das hatte sie schon überrascht. An einem Mittwoch, draußen an der Pforte. Eigentlich ein Stahltor, welches vor dem Rathausportal zusätzlich montiert worden war, weil es doch zu immer mehr Vorfällen kam. Diese Angriffe auf Leute vom Amt, überall. Sozialamt natürlich. Arbeitsamt. Einer hatte doch mit dem Messer zugestochen. Da hatte auch Sprichen eine Pforte bekommen.

Wieso kennt Klummgießer eine von der Wohngeldstelle vom Namen? Wieso? Am Ende aber schien das auch unwichtig. Juzilia dachte zu viel. Da war sie etwas anders als andere vom Amt.

Sie müsste die Zeit bis 16 Uhr überstehen, obwohl freitags ja immer schon 15:30 Uhr, stimmt ja.

Wir haben Freitag, frei, frei, frei. Aber was tun? Ohne Nahverkehr und bei verstauten Straßen, da war nichts zu tun, außer dann zu Hause zu bleiben. (Nur Dasso wollte ja unbedingt zum BVB, gegen Leipzig.)

Tabelle? Heute? Kannte sie die?

1							
FC Bayern München							
22	13	7	2	64:21	+43	46	
2							
Borussia Dortmund							
22	15	1	6	45:27	+18	46	
3							
1. FC Union Berlin							
22	13	4	5	35:27	+8	43	
4							
RB Leipzig							
22	12	6	4	45:27	+18	42	
5							
Sport-Club Freiburg							
22	12	5	5	35:32	+3	41	
6							
Eintracht Frankfurt							
22	11	5	6	43:31	+12	38	
7							
VfL Wolfsburg							
22	9	6	7	40:29	+11	33	
8							
1. FSV Mainz 05							
22	9	5	8	37:34	+3	32	
9							
SV Werder Bremen							

| 22 | 9 | 3 | 10 | 34:41 | -7 | 30 |

10

Borussia Mönchengladbach

| 22 | 8 | 5 | 9 | 38:39 | -1 | 29 |

11

Bayer 04 Leverkusen

| 22 | 8 | 4 | 10 | 36:36 | 0 | 28 |

12

1. FC Köln

| 22 | 6 | 8 | 8 | 32:36 | -4 | 26 |

13

FC Augsburg

| 22 | 7 | 3 | 12 | 26:38 | -12 | 24 |

14

Hertha BSC

| 22 | 5 | 5 | 12 | 27:40 | -13 | 20 |

15

VfB Stuttgart

| 22 | 4 | 7 | 11 | 27:38 | -11 | 19 |

16

TSG Hoffenheim

| 22 | 5 | 4 | 13 | 29:41 | -12 | 19 |

17

VfL Bochum 1848

| 22 | 6 | 1 | 15 | 24:54 | -30 | 19 |

Jetzt wurde sie angesprochen. Es war Yulia, ja, die Ukrainerin.

„Was machst du denn hier? Arbeitest du im Rathaus? Das glaube ich ja nicht!"

„Und du? Zu Fuß? Ich habe dich von weit, weit schon kommen sehen, auf deinen lebendigen Beinen!"

„Ja, sicher!"

Yulia sprach manchmal lustiges Deutsch. Bei ihr sei das Telefon „geplatzt", hatte sie auch gesagt. Die Idee war, dass sie viele Anrufe zu fast gleicher Zeit bekam. Ihr Mann ist in der Ukraine, kämpft, sie weiß nicht wie und wo, sie reden nicht über den Krieg, sondern nur, ob er gesund ist, und wann man sich vielleicht mal wiedersehen kann. Irgendwann.

Aber sie ist mit den Eltern und mit Tochter Ika in Deutschland angelangt. Immerhin: sicher! Die wohnen in zwei Zimmern, aber die wohnen. Außerdem sprach Yulia schon in der Ukraine Deutsch, brüchig, aber Deutsch. Da war sie hier nun im Vorteil. Bei der Stadtverwaltung hatte sie einen „Räumjob", im Archiv, da war massig zu räumen. Und dann gab es da eine schlichte Stelle, aber mit echtem Lohn. Diesbezüglich also Glück, im Ganzen aber doch kein Glück.

„Gibt es noch Fotos?"

„Nein, ich habe fast alle Fotos verloren. Zehn trage ich bei mir, aber unsere Alben, die sind weg."

„Papiere? Zeugnisse? Aufzeichnungen?"

„Alles weck, unsere Wohnung ist sich nur noch halb da. Wie einer Zahne, der hohle ist."

Sie hatte ein Foto vom Haus, wo überall Schränke und Sessel und halbe Wände zu sehen waren, dazu alles in Farben wie Grau und Dunkelgrau. Wände fehlten, Zimmer als Hälfte nur noch da.

Es wurde das Haus von einer Rakete getroffen, war es Mariupol? Oder wo? Juzilia wusste es nicht mehr.

Mariupol (ukrainisch · Маріуполь [mXrXixupXlX], russisch Мариуполь [mXrXXXupXlX, griechisch Μαριούπολη; 1948–1989 Schdanow, russisch Жданов) ist eine ...

Sie wusste aber genau, dass Zwerew gewonnen hatte, nee, Zverev, zweimal Vau, und nun im Halbfinale war. Denn Zverev war ihr heimlicher Star.

Aber wo Yulia wohnte? In der Ukraine? Und hier in Deutschland? In Sprichen? In Wumms? Alles das wusste sie nicht. Nein, davon hatte sie keinerlei Wissen, sie hatte auch nicht genau gefragt.

Alexander „Sascha" Zverev [XzvXXXf] (* 20. April 1997 in Hamburg) ist ein deutscher Tennisspieler und Olympiasieger. Er gewann bisher 19 Titel im Einzel ...

Für sie, Juzilia, war die Ukraine ein großes herrliches Land, aber sie konnte sich die Namen nicht merken. Kiew konnte man sich gut merken, aber dann diesen Ort mit „...jansk" am Ende, oder diese Kämpfe um Bachmut, okay, Bachmut, das ging ja doch.

Bachmut (ukrainisch Бахмут) ist eine Stadt in der Oblast Donezk im Osten der Ukraine am Ufer des Flusses Bachmutka mit etwa 74.000 Einwohnern (Stand: 2019)

Sie kannte Yulia, weil sie mal beide gewartet hatten, zusammen, auf die Bahn, also die Straßenbahn. Da stand etwas von „fällt heute aus", also mussten sie noch 30 Minuten länger stehen. Nächste Bahn.

Es fiel ja dauernd was aus. Aber auch: In Deutschland standen alle Häuser, es gab Infrastruktur, keine bösen Putinrussen zerbombten hier Mensch und Welt, dennoch: Rosig war es auch in D-Land nicht mehr. Zu vieles lief schief. Und so waren sie ins Gespräch gekommen.

Yulia und Juzilia. Wäre Julchen noch da gewesen, dann wären sie nun zu dritt: 3 mal mit Ju/Yu vorne die Namen. Kuriose Geschichte, aber wahr. Kuriose Dinge können genauso stimmen wie Dinge, die sich normal anhören, falsch sein können. Würde also jemand sagen, der Nachbar Gilz habe sie attackiert, wäre das falsch, obwohl Nachbar Gilz einer war, vor dem man sich in Acht nehmen musste.

Richtig war hingegen, dass sie, Juzilia, in ihrem Keller Kinder züchtet, die sie zuvor in den USA gekauft hatte. Und dann würden sie und Dasso freitags die Kinder immer aussaugen, als Nachspeise. Danach würden sie die Kinder achtlos die Kellertreppe runterwerfen, und dann neue Kinder züchten. Für den Freitag danach.

Nein, das war nicht wahr! Es war ein derber Scherz von Juzilia. So etwas konnte sie auch.

Wahr hingegen war offenbar, dass Tausende Kinder in der Ukraine ohne Eltern in die Hände der Russen gelangen, wo sie dann zwangsverschleppt werden und viele in die Adoption kommen sollten.

Manches, was wahr war, hörte sich leider so unwahr an, war aber trotzdem wahr. Man wurde also nicht „wahnsinnig" in solchen Zeiten, man wurde „wahrsinnig". Denn wer konnte einem genau sagen, was stimmte, was nicht stimmte.

Die Leute waren ja wild auf Verschwörungstheorien. Kaum waren die mal in einer Telegram-Gruppe, dann glaubten die da jedes Wort.

Nein, Juzilia wollte in keine Gruppe nicht bei Telegram, nicht bei WhatsApp (da nur ganz privat, in Mini-Gruppen), aber sie war auf TikTok, das schon. Der Kardashian-Clan hatte es ihr auch angetan. Da folgte sie allen auf allen möglichen Plattformen.

Außerdem wollte sie heute Abend für Ikke Hüftgold stimmen, ja, ESC, der deutsche Vorentscheid, der interessierte, der Entscheid, aber auch Icke als Typ:

Wer fährt 2023 für Deutschland zum ESC-Finale nach Großbritannien? Das entscheidet sich in der Show „Eurovision Song Contest 2023 - Unser Lied für Liverpool" in Das Erste am 3. März um 22.20 Uhr live aus den MMC Studios in Köln. Moderatorin ist Barbara Schöneberger.

Neun Künstlerinnen und Künstler nehmen am Vorentscheid teil: Will Church, Frida Gold, Patty Gurdy, TRONG, Lord of the Lost, René Miller, Anica Russo, Lonely Spring und Ikke Hüftgold treten in den Ring. Wer am Ende Deutschland am 13. Mai beim Eurovision Song Contest in Liverpool vertreten darf, wird live am Abend durch das Zuschauer*innen-Voting und eine inter-

nationale Jury ermittelt.

Während der Abstimmungsphase präsentieren The Boss-Hoss und Ilse DeLange ihren neuen Song „You".

„Yulia, wie macht ihr das denn mit dem Streik?"

„Siehst du doch, ich gehe, zu Fuß, gehe arbeiten, und meine Eltern sind bei ihrer Enkelin, welche meine Tochter Ika ist. Mit KiTa und solchen Dingen ist ja heute auch nichts. Streiki, Streiki, Streiki."

„Da kommst du aus einem teils zerstörten Land zu uns, und jetzt ist hier auch voll der Ärger."

„Ja, ja, ja, Juzilia, aber sieh es mal so: Hier darf gestreikt werden, in Russland iss es sich unvorstellbar. In Russland iss es sich in diesen Tagen nur Kuschen und Ja-Sagen vorstellbar. Alle anderen können schnell mal 10 Jahre Haft bekommen. In China soll es auchi iss sich so seltsame Gesetze gäääähhhben, wo du schnell mal für Jahre in Haft kommst. Man will es alles nicht wissen, aber man kann nicht weckihören. Wenn die Raketen fliegen, kann man erst recht nicht weckihören."

„Yuliana, ich muss hoch. Aber ich denke: Wo wir uns zufällig wiedergetroffen haben, sollten wir uns auch mal außerhalb der Arbeit sehen."

„Ja, einen schönen Gedanket, nee, Gedanken. Ich wohnen übrigens in Wumms, muss nachmittagso ich es immer zurück. Heute zurück, also gehe ich."

„Ich wohne doch auch in Wumms, wow, super, da können wir auch zusammen los."

Juzilia also im Rathaus von Sprichen. Angekommen. Acht Kilometer zu Fuß. Sie würde erst einmal die Kaffeemaschine anschalten, die auf dem Gang. Das machte meist Anne-Kathrin, aber die war ja auch krank. Auch Corona. Und Juri von der O-12, der hatte Long-Covid, den hatte man schon Monate nicht mehr gesehen. Die Welt konnte so seltsam sein. Es hieß, Juri könne so schwer atmen, der liege und sitze sehr viel. Seine Wohnung sei aber im dritten Stock, ohne Aufzug. Alles andere als leicht. Seine Ursula würde ihm helfen, aber es ginge so langsam vorwärts.

Juzilia mochte Juri. Sie bedauerte ihn, sie vermisste ihn. Auch wenn sie ihn immer nur kurz sah, eine Minute hier, 12 Sekunden da. Er war ja bei O-12, hatte mit Bauvoranfragen zu tun.

Juri hatte ihr mal von dem Desaster in Bonn um die Beethovenhalle erzählt, auch von dem Desaster in Köln mit Oper und Schauspielhaus. Danach wollte Juzilia aber von Desastern nichts mehr hören. Sie wusste aber, dass man in Köln nun an Museum Ludwig und Philharmonie ranginge. Neben dem

Dom diese Bauten. Beides Gebäude, in denen sie noch nie drinnen war. Es war aber von einer Milliarde und mehr schon das Gespräch. Nur, um alles schön zu machen. Sie wollte davon nichts hören. Hernach wäre es ja doch wieder das Doppelte: Da waren doch viele Halsabschneider im Geschäft, und dann sie mit ihrem kargen Sachbearbeiterin-Lohn.

Dasso wollte den kleinen Balkon streichen, das war ihr schon Problem genug. Weiß statt dreckiges Gelb. Außerdem musste überlegt werden, wie Patty besser alleine die Wohnung verlassen könnte. Thema: Katzenklappe. (Und ihr lief nun auch die Nase, wo sie den Kaffee ansetzte. Wurde sie selber nun auch noch krank? Corona? Erkältung? Grippe? Alles?)

Nun wird auch noch kaltes Wetter angesagt, ab Samstag, und dann bestimmt bis Mitte nächste Woche. Also Schnee sogar bis ins Flachland. Würde der Winter denn nie enden? Der Winter als solcher? Der Winter in unseren Herzen? Der Winter, der über allem lag. Dieser Krieg in der Ukraine, der hatte ganz Europa verfinstert, in mehrerlei Hinsicht, ja, eigentlich die ganze Welt.

Juzilia schämte sich, dass sie früher nicht hingehört hatte, wenn Ländernamen wie Irak, Syrien, Jemen gefallen waren. Wenn von Kriegen woanders die Rede war. Sie hatte immer weggehört. Weil sie dachte: Diese Dinge sind so furchtbar weit weg. Jemen wird es nie schaffen, oder ... Israel mit seinen Palästinensern: Das hört doch nie auf. Da lässt einer den anderen nicht sein, und umgekehrt gilt das dann doch auch.

Nun aber hatte die Ukraine alles verändert, auch in Sprichen und Wumms. Auch in Kammerling. Überall in Deutschland. Auch die Alt-Tante in Krakau hatte gesagt, der Russe mache ihnen in Polen Angst.

Alle sorgten sich um das kleine, normale Leben, aber die ganzen Klimasachen kamen ja noch als „Topping" obendrauf. Sie wollte mit Dasso auch mal Kinder haben, aber das schien ja kaum noch möglich. Am Ende würden alle ersticken, hätten alle kein Wasser und die Meere bestünden aus mehr Plastikteilchen als Wasserstoffmolekülen.

So dachte sie, aber sie sprach mit niemandem darüber.

Der Kaffee lief durch, es waren drei Liter, da würden mehrere Amtszimmer von trinken. Mit Gise würde sie jedoch heute nicht sprechen können, da krank. Wenn doch mal Klazinski käme. Der war auch nett. Mit dem konnte man wenigstens über das Wetter sprechen. Ab Samstag schlecht? Dann wäre doch die Fahrt in die Wiehler Berge auch vorbei! Blöd, aber auch.

Dann müssten sie und Dasso vielleicht zur Mutter nach Kammerling. Die Mutter war okay, sie mochten sich, aber am Samstag da zum Kaffee, das fand sie doch nicht so doll, die Juzilia. Dasso hätte keine Ausrede, weil sein Spiel ja schon heute ist, da kann er morgen nicht sagen, er müsse heute, also morgen als heute, zu seinem BVB. Er könnte das sagen, aber das wäre ja gelogen.

Lügen aber sollte man nicht. Das hatte Juzilia gelernt. Sie glaubte an einen Gott, musste aber nicht der katholische sein. Sie wollte auch nicht lügen. Notlügen waren immer drin, das würde auch der Herrgott einsehen. Aber der Mama zu sagen, Dasso müsste am Samstag zum Spiel, er habe ja auch die Dauerkarte, nein, das war keine Notlüge, sondern eine Frechlüge. Da unterschied Juzilia ganz genau. Not versus frech.

Sie macht die 0,33-Liter-Tasse voll, eigentlich nannte man das Dings wohl „Pott", andere sagten „Kaffeebecher", sie selber hatte ein Katzenbild aufgeklebt, und nannte den ihren nun „Patty", so wie die eigene Katze zu Hause.

Am Schreibtisch wartete Papier, sonst nichts. Der Platz von Gise war leer. Telefonzeiten gab es am Freitag sowieso nicht. Für Publikum von draußen. Alle zwei Wochen hatte man intern die „kleine Besprechung", die war heute auch nicht angesetzt.

Radios waren verboten, am Arbeitsplatz, aber das Smartphone ließ sich nicht verbieten. Sie hatte also den einen Knopf im Ohr, nur für das eine Ohr, und hörte per Smartphone. Nicht das Radioprogramm, sondern Spotify, also Musik. Streaming. Sie hatte da ein günstiges Angebot fürs Smartphone, aber die Datenmengen kamen beim Streamen so schnell zusammen. Da konnte man sich nur schütteln! Wo sollte das noch hinführen? Streamen, Geld, Kosten?

Da, bei Spotify, hatte sie sogar ein Abo, ja, damit sie ohne Werbung und so weiter fein hören könne. YouTube machte sie aber ohne Abo, da nahm sie die Werbung in Kauf. Man konnte sich das alles ja ach gar nicht leisten.

Es gab aktuell vier Angebote, sie hatte „Individual". Bei allen Angeboten war der erste Monat kostenlos, dann aber sollte Geld her! Klar, alle wollen Geld. Aber sie musste doch so sehr rechnen. Dasso wollte, dass sie Spotify kündigt.

Julchen aber war mit ihrem Thilo bei Spotify Duo und wollte das auch bleiben.

Mutter Breni konnte das alles gar nicht verstehen, Geld für Musik, die sie im Schlagerfernsehen doch kostenlos hatte. Allerdings mit viel Werbung, gewiss, aber sie hatte kein Geld für diese Spotify-Spielereien.

Individual
Nach Ablauf des Angebotszeitraums 9,99 €/Monat
1 Konto
Musik ohne Werbeunterbrechungen
Überall Musik hören – sogar offline
Musik auf Abruf verfügbar

Duo
Nach Ablauf des Angebotszeitraums 12,99 €/Monat
2 Konten
2 Spotify Premium Konten für Paare, die unter einem Dach leben
Musik ohne Werbeunterbrechungen hören, offline abspielen, auf Abruf verfügbar

Family
Nach Ablauf des Angebotszeitraums 14,99 €/Monat
Bis zu 6 Konten
6 Spotify Premium Konten für Familienmitglieder, die unter einem Dach leben
Unangemessene Musik blockieren
Musik ohne Werbeunterbrechungen hören, offline abspie-

len, auf Abruf verfügbar

Spotify Kids: eine separate App speziell für Kinder

Student
Nach Ablauf des Angebotszeitraums 4,99 €/Monat
1 Konto
Spezieller Rabatt für berechtigte Studierende an einer Hochschule
Musik ohne Werbeunterbrechungen
Überall Musik hören – sogar offline
Musik auf Abruf verfügbar

Es kam dann doch ein Anruf. Nicht von einem Wohngeldempfänger, sondern von jemand anders. Benzic Garlowasz vom Jugendamt rief an. Er hatte Geräusche gehört, seltsame Geräusch. Ja, irgendwie draußen. Ob sie, Juzilia, auch so etwas gehört habe, oder wenigstens von den Geräuschen gehört habe.

„Nein, nichts. Geräusche? Du weißt schon, dass da draußen Millionen Autos fahren? Das weißt du schon?"

„Klar, aber die Geräusche waren irgendwie härter. Kann auch ein Jäger sein, aber seit wann haben wir in Sprichen Jäger?"

„Benzic, das musst du mich nicht fragen. Es kommen doch überall Wildschweine in die Gärten. Sah ich unlängst von Brandenburg irgendwo, auch mal in Berlin selbst, auch in Wiesbaden oder wo. Überall Wildschweine. Und da hieß es, die müsse man jetzt gezielt dezimieren. Und da war ein Jäger dann für zuständig. Kann in Sprichen doch auch sein!"

„Kann, sicher, kann alles. Ich wollte nur mal nachhören. Wenn du selber Geräusche hörst, dann melde dich bitte auf der 424."

„Aber die steht doch im Display."

„Ich sag es ja nur. Früher war ich auf der 465, ich weiß ja nicht, was du in deiner Liste hast."

„Ich? ... da steht noch die 465 für dich. Was ist das denn für ein Irrenhaus?"

„Sage ich doch. Verwaltung in Sprichen, das ist ein Irrenhaus."

„Tja, bis zur Rente habe ich noch bestimmt 35 Jahre."

„Ich nur 32!" Und nun lachte er laut auf und hing dann den Hörer ein. Dass seine Tante und sein Onkel am 2.3. Goldhochzeit gehabt haben sollen, wo er aber absichtlich nicht gratulierte, weil er denen alle Ruhe an so einem Ehrentag gönnte, das sagte er auch nicht. So eng war er mit Juzilia auch nicht.

Juzilia machte sich über die ersten Papiere her. Was sie spannend fand, waren die Kontoauszüge.

Die Leute zahlen ja immer öfter bargeldlos. Beim neuen REWE hatte man Kassen aufgebaut, nur zum Zahlen per Karte, da ging man selber dran, alles alleine, Kassiererin wird umgangen.

Und weil das immer mehr Leute machen, tauchen auch immer mehr Einkäufe bei den Auszügen auf. Wohngeld ohne Kontoauszüge, nein, das war nicht erlaubt! Sie las von einer Cordula Gemmers, die sich einen Kühlschrank für 199 Euro geleistet hatte. Das konnte doch nix sein! Wie blöd waren denn die Leute, hecheln jedem Sonderangebot hinterher. Das geht so doch nicht.

Aber eigentlich hatte Juzilia Sorgen. Patty war gesund, Dasso war gesund, schön, schön, aber das Geld war so knapp.

Ohne das Spotify-Abo fehlte ihr was. Außerdem wollte sie nach Corona endlich mal wieder einen Sportkurs belegen. Zimbo oder Zamboo oder Blitz-Yoga. An den Friseurbesuch dachte sie nur mit Stöhnen. Das schob sie immer wieder. Dasso hatte sich schon gewundert. „Du hängst doch sonst immer im Salon ‚Cut' herum."

Sie verschwieg Dasso ihre Nöte, sie hatten die Finanzen strikt getrennt, das war modern, das war aber auch gut. Sie überlegte nun, wie sie zusätzlich Geld verdienen könnte. Nicht ernsthaft, aber halb ernsthaft dann doch. Denn auf dem Amt zu arbeiten, dann aber in der Freizeit nur noch herumspazieren zu können, ohne mal zu einem Comedy-Auftritt zu gehen, das war ja gar nichts! Außerdem sollte doch Clueso kommen, im Mai bzw. im Sommer und Frühherbst.

29.5.2023
Landsweiler-Reden
Alm Open Air
Tickets
17.6.2023
Halle/Saale
Peissnitzinsel
Tickets
23.6.2023
Würth
Würth Open Air
Tickets
24.6.2023
Neubrandenburg
Neubrandenburg Open Air
Tickets
29.6.2023
Basel
CH-Basel Summerstage

Tickets

22.7.2023

Mainz

Mainz Zitadelle

Tickets

30.7.2023

Norderney

Norderney Summertime Festival

Tickets

4.8.2023

Bad Oeynhausen

Bad Oeynhausen Parklichter

Tickets

26.8.2023

Erfurt

Erfurt Domplatz

Tickets

27.8.2023

Erfurt

Erfurt Domplatz

Tickets

1.9.2023

Bochum

Zelt Festival Ruhr

Tickets

16.9.2023

Hockenheim
Glücksgefühle Festival
Tickets

Sie hatte mit Dasso noch gar nicht drüber geredet, aber seit dem achten Kennenlernjahrestag stand fest, dass sie zu Clueso fahren würden, sie mussten sich nur über den Ort noch einigen, nicht allein wegen der Kilometer, auch wegen der Daten.

Dasso hatte ihr das geschenkt, ja, der war großzügig, hatte aber auch eine Bedingung ausgesprochen: „Wenn der BVB spielt, Heimspiel, dann nicht. Einzige Bedingung, aber die steht!" Da hatte Juzilia nur milde und wissend genickt.

Sie selber habe dann gesagt: „Du musst mir auch eines versprechen: Niemals Bettwäsche vom BVB in unserer Wohnung!" Da hatte Dasso nach einigem Zögern dann nachgegeben.

Am Ende hatten sie eine Art Clueso-BVB-Partnerschaftsvertrag unterzeichnet, wo auch die Bettwäsche aufgeführt war. Man soll die Leute vom Amt nie unterschätzten, pflegte Juzilia danach immer zu sagen. Freundin Julchen sprach alle drei Monate von diesem Vertrag und hatte dann mit Thilo auch so einen abgeschlossen.

Ja, Dinge gibt es!

Sie dachte dahin. Die Kontoauszüge potentieller Wohngeld-Empfänger kamen ihr schal und öde vor. Kühlschränke, Mode, Grillgeräte, Autoraten, teure Mieten, immerzu teure Mieten, das langweilte sie. Am Ende war das kein „richtiges Leben". Wenn sie mit Dasso aber zu Clueso fahren würde, das wäre dann ein Highlight, ein absolutes Highlight.

Sie schickte Julchen eine WhatsApp: „Wetter dahin. Was macht denn ihr am weeken Ende? LOL". Aber es kam nichts zurück. Seltsam. Julchen antwortete immer sofort, sofort, direkt und sofort.

Dann rief Holitschek an, er fragte nach Lärm.

„Wieso denn Sie nun auch?"

„Wieso? Wer denn noch?"

„Benzic Garlowasz vom Jugendamt ist auch auf dem Trip. Der sprach schon von Schüssen."

„Also, ich weiß es nur von der Gila Lederer, aber die ist immer so übertreibend per se, da weiß man nie. Aber der Benzic Garlowasz vom Jugendamt, der weiß schon, was er sagt."

„Und Gilyor? Was ist mit der?"

„Weiß ich nicht. Hatte die nicht auch Corona? Das Gebäude ist doch halbleer, finde ich."

„Juri ist so lange schon krank geschrieben."

„Stimmt, Frau Granzow, stimmt. Schade, der hat unsere Arbeit immer aufgefrischt. Der Müllzer-

Steinbeckers vom Material, der soll jetzt auch schon sechs Wochen fehlen. Auch wegen Corona."

„Long-Covid?"

„Keine Ahnung. Es sind zu viele krank. Und, Frau Granzow, eines muss ich noch sagen. Nicht in allen Fällen scheint mir die Krankheit real!"

Das waren ja echte Vorwürfe. Aber Holitschek neigte zum Übertreiben. Wie so oft.

Aufgehängt.

Sie hatte dann freundlich aufgehängt. Sie wollte auch nicht so viel reden, weil sie von Peter Kerl aus der Zentrale wusste, dass alle Gespräche, alle Telefonnummern, und die Gesprächszeiten genau erfasst werden.

Die bekommt sogar noch der Landrat zu sehen, wenn der will.

Deshalb passte sie genau auf, welches Gespräch sie wie lange führte.

Draußen nun die Feuerwehr, es musste gegen 10:44 Uhr sein. Die hatten das Gerätehaus in Sprichen direkt um die Ecke vom Rathaus. Juzilia konnte immer fein sehen, wenn einer oder zwei oder drei Wagen davonbrausten. Waren es sechs oder acht Wagen, dann musste schon richtig was los sein.

Wäre sie in der Wohnung, hätte sie Radio Wumms-

Sprichen gehört, sicherlich, aber Radio war ja hier auf dem Amt verboten. Sie könnte mal auf der Homepage der Feuerwehr gucken, was die für Einsätze hatten. Das konnte sie auch am Arbeitsplatz, ihr würde ja wohl niemand vorwerfen können, dass sie das die Feuerwehr nachgeguckt hätte. Ist ja nur menschlich, bei der Feuerwehr nach Einsätzen zu schauen.

Einen eindrucksvollen Unterrichtsabend rund um Einsatzsituationen mit Flüssiggas konnten die Mitglieder des Löschzugs Altstadt der Berufsfeuerwehr erleben. Franz Spelser, Mitarbeiter der Firma Rheingas und vor Jahren bereits einmal Gast bei der Einheit, demonstrierte in Theorie und Praxis den richtigen Umgang mit dem Medium Gas. So konnte mancher Tipp vermittelt werden, wenn die Feuerwehr zu Bränden oder Leckagen in Zusammenhang mit Flüssiggas gerufen wird. Praktische Übungen unterstützten die Theorie. So wurde beispielsweise das Einfangen einer Gasfackel mittels Hohlstrahlrohr geübt. Nach 2,5 Stunden endete ein interessanter Übungsabend.

Das war ja noch eine Februar-Meldung, heute war schon der 3.3.2023. Leute, ihr müsste doch die aktuellen Einsätze auf die Homepage tun. Oder habt ihr die im Twitter-Account?, fragte sich Juzilia. Sie fragte sich auch, ob Herr Musk erlauben würde, wenn

Feuerwehren ihre Einsätze twittern. Man weiß es ja nicht. Bei Herrn Musk ist alles möglich und auch unmöglich.

Bei der Feuerwehr Frankfurt stieß sie dann auf eine Stellenanzeige:

Über 1.000 Feuerwehrbeamtinnen:Feuerwehrbeamte versehen auf zwölf Feuer- und Rettungswachen rund um die Uhr, 365 Tage im Jahr, ihren Dienst. Das Informations- und Wissensmanagement sowie die interne Kollaboration und Kommunikation ist für einen reibungslosen und effizienten Dienstbetrieb von zentraler Bedeutung. Relevante Informationen müssen, insbesondere im Einsatzfall, schnell und zuverlässig gefunden werden. Dafür werden passgenaue und zielgruppengerechte Zugriffspunkte und Informationen benötigt.

Für die konzeptionelle Weiterentwicklung dieser Aufgaben suchen wir zum nächstmöglichen Zeitpunkt befristet für 26 Monate eine:n

Informations- und Wissensmanager:in (w/m/d)

Vollzeit, Teilzeit

EGr. 11 TVöD

Zu Ihren Aufgaben gehören:

konzeptionelle Weiterentwicklung des Informations- und Wissensmanagements sowie der Kollaboration und internen Kommunikation der Branddirektion

selbstständige Verantwortlichkeit für die SharePoint-Um-

gebung der Branddirektion hinsichtlich Architektur, Design, Konfiguration, Entwicklung und Support, dabei insbesondere Migration auf eine neue SharePoint-Version

Verantwortung für die technische Umsetzung von Projekten und Workflows, basierend auf SharePoint-Technologien

Ansprechpartner:in für die strategische Beratung von Anwender:innen für den wirksamen Einsatz der Kollaborations- und Kommunikationswerkzeuge

Planung und Koordination eigenständiger Projekte

Potentialanalyse neuer Kollaborations- und Kommunikationstechnologien für die Branddirektion

eigenständiges Durchführen von Schulungen und Qualifizierungsmaßnahmen für den wirkungsvollen Einsatz neuer Kollaborations- und Kommunikationstechnologien

Sie las aber ohne echtes Interesse. Ob das was für den Schwager wäre. Für Kurt? Eher nicht. Kurt war ja sowohl sehr auf Feuerwehr versessen als auch auf Publicity. Kurt hatte einen Kanal auf TikTok, wo er fast nur Feuerexperimente machte, teilweise sehr gewagt. Dazu kamen dann noch andere gefährliche Dinge, mit Explosionen und solchem Quatsch. Damit hatte er schon jetzt 60.000 Follower, vielleicht ja heute, am 3.3.2023, schon 61.000.

Sie wollte aber nicht bei TikTok gucken, das hätte sie mit dem Smartphone gemacht, aber es konnte ja auch immer jemand ins Büro kommen, irgendeiner aus dem Amt, das war nie auszuschließen. Am Ende jemand, der nach den Vorräten an Kopierpapier fragte. So etwas war immer möglich.

Kurt wollte aber davon leben, sehr bald schon. Er meinte, ab 100.000 Follower würde er seinen Job als „Anlageberater" bei der Sparkasse schmeißen. Er bekäme schon jetzt einige Anfragen von Firmen, ja, auch Grillgerätefabriken, sicherlich, Feuerlöscherservice, man kann sich zum Thema Feuer und Explosionen massig Menschen hinzudenken.

Auch Spezialkleidung muss ja verkauft werden. „Das könnte ich alles auf meinem Account bewerben, also indirekt, einfach benutzen, dann darauf verweisen, dann anzeigen, dass es auch Werbung ist, ganz dezent, aber die Leute gucken ja eh alles. Wenn jemand über 50.000 Follower hat, wird der beguckt, egal, was der macht. Da zählt die Zahl, und dann wird man sich dafür interessieren. Irgendwie. Ich las dieser Tage von einer Deutsch-Türkin, die so etwas immer von der Tankstelle macht, eine Studentin offenbar, die derzeit jobbt."

Juzilia erinnerte sich. Da gab es eine Tankstellenlady. Auf TikTok. Unendlich viele Folgende.

tiktok.com/@tankstellenlady.fp und dann ein Video: tiktok.com/@tankstellenlady.fp/

video/6922482848846941446: Hier meldet sie über 1 Million „Follower". Oder schon 1,1 Millionen. So genau wusste sie es nicht. Diese Zahlen waren schier unglaublich. Dafür saß sie über Wohngeld-Anträgen, bei Instagram hatte sie selber 1234 Follower, aber sie kam ja auch nicht in Urlaub, um mal schöne Bilder von schönen Örtchen zu posten.

Außerdem hatte sie Friseurbesuche minimiert, da konnte sie schon wegen der schlechten Haare nix posten.

Julchen guckte immer, Julchen sagte etwas zu jedem Bild von Juzilia, aber ihr geliebter Dasso war angeblich nicht auf Instagram.

Und wenn er da in Dortmund eine Frau in der Fankurve hatte? Wenn Dasso dann der folgte? Auf Instagram? Müsste sie beim Dasso mal reinschauen, in dessen Handy. Aber, nein, wer nicht frech lügen will, der darf auch nicht in anderer Leute Handys schauen.

Sie schaute aber mal wieder bei der TikTok-Tankstellenlady, ob es was recht Neues an Berichten gäbe. TikTok wurde ja bei etlichen Regierungen nun schon verboten. Wieso überhaupt? Nur weil es aus China kam? Es gab doch auch nette Chinesen.

Aber die Filme waren doch so schön, so schön kurz. So schön kurz pfiffig!

Tankstellen-Mitarbeiterin begeistert auf TikTok Millionen
Stand: 24.02.2023 06:15 Uhr

Esra Cayir hat sich als „Tankstellenlady" auf TikTok einen Namen gemacht. Die 29-Jährige aus Oldenburg berichtet dort von skurrilen Situationen, die sie bei ihrer Arbeit in einer Tankstelle erlebt.

Mittlerweile hat Cayirs TikTok-Account um die 1,8 Millionen Follower. Sie habe irgendwann angefangen, sich bizarre Erlebnisse aufzuschreiben und nach Feierabend mit ihrem Handy am Arbeitsplatz nachzudrehen, sagt sie. Dabei schlüpft sie in die Rolle des Kunden beziehungsweise der Kundin und spielt sich gleichzeitig selbst. In einem Video ging es beispielsweise um einen Kunden, dem der Preis für Super zu hoch war - weshalb er die 29-Jährige aufforderte, ihm den Kraftstoff billiger zu verkaufen. [...] Den Job in der Tankstelle hatte die 29-Jährige angefangen, um ihr Wirtschaftsrecht-Studium zu finanzieren.

Sie, Juzilia, klebte nun den Brief an eine Inka Schretzer zu. Die wollte Wohngeld, wohnte in Wumms, und sie kannte die sogar. Das war ihr ein bisschen peinlich, aber sie musste ja alle Anträge behandeln, egal, was das für Menschen waren. Inka war eine ganz nette Person. Dass die auf Wohngeld angewiesen war, hätte sie aber eher nicht gedacht. Man täuscht sich oft. Die Leute haben schicke Kleidung, sind super gestylt, aber alles ist am Ende nur eine Kaschierung von schleichender Armut.

Ausnahme vielleicht Julchen. Immer schick und doch eher wirklich wohlhabend. Warum die nicht antwortete?

Draußen immer noch Lärm von den Sirenen. Hatte Benzic solchen Lärm gemeint? Oder kamen die Sirenen erst nach den Schüssen? Gab es also wirklich Schüsse, hatte es die gegeben? Dann war was passiert, Wildschwein durchgebrochen oder so, und danach dann die Feuerwehr? War es so?

Sie legte den Umschlag auf den einen kleinen Stapel. Sie hatte schon ein wenig abgearbeitet. Manchmal träumte sie nachts, sie säße am Schreibtisch, und dann diese Stapel von Wohngeld-Anträgen, 10 Meter hoch, 20 Meter hoch, und sie würde dann davon erschlagen. Als wären die Papiere realiter dann aus Marmor gewesen, dünne Marmorplatten, die sie dann mit einem Wumms totgemacht hätten.

Hoffentlich müsste sie diese Nacht nicht davon träumen. Dasso würde sicher erst sehr spät zurückkommen aus Dortmund, da musste sie allein das Bettchen wärmen, da würde sie sicher einschlafen, und vielleicht hätte sie genau dann diesen Marmorplatten-stürzen-auf-sie-Traum.

Sie wusste, dass sich eine kleine Pause näherte, sie würde dann 15 Minuten das Zimmer verlassen, die Treppe nehmen und dann auf dem Rathaushof stehen, wo vielleicht Benzic, vielleicht aber auch Holitschek oder Aygün vorbeikämen. Sie selber hätte dann ihre Plastikdose in der Hand, heute mit Sellerie-Möhren-Salat, wegen der Figur, und die Dose war lebensmittelecht. Das auch.

Wetter war noch gut, kalt ja, keine Sonne jetzt, aber doch immerhin erträglich, keinerlei Sauwetter mit Regen und Schnee und allgemeiner Nässe. Die allgemeine Nässe bei kalten Temperaturen, das war nämlich nicht so schön. (Auch heizkostenmäßig!)

Sie war froh, keinen Hund zu besitzen, da muss man ja bei jedem Wetter raus. Mit der Katze war es einfacher, gewiss. Problem nur: Gestank. Sie selber roch da ja nichts, also nichts mehr, aber wenn die Mama Breni sie immer wegen Gestank anmachte, dann war das unschön.

Heute Freitag, ah, morgen Samstag, aha, was tun? Konnte man noch am Kaffee bei Mama Breni vorbeikommen? Schön wäre es nur dann, wenn Schwager Kurt käme ... und Schwester Silke, dann wäre es eine feine Fünferrunde.

Aber was wäre am Sonntag? Das Renovieren des Balkons würde Dasso auf einen warmen Frühlingstag verschieben müssen. Was könnten sie dann machen? Sollten sie mal wieder in der Dartskneipe am Sieper Eck vorbeischauen? Da waren sie doch ewig nicht.

Dasso schaute donnerstags nun wieder die Premier League Darts, auf Sport1, aber sie selber fand es zum Gucken jetzt nicht furchtbar interessant. Am Sieper Ecke mit Bekannten zu spielen, das hatte etwas. Das war ja auch Geselligkeit, sie liebte Geselligkeit.

Dasso auch, aber der hatte immer so viel im Kopf, wollte da mitmachen, das noch sehen, dort mitspielen. Aktuell wollte er zusätzlich zum Fußball auch noch zum American Football, das sollte ja in Deutschland nun mal wieder populär werden.

Und er wollte sogar Spiele der deutschen Liga live vor Ort gucken, nicht nur die Live-Spiele aus den USA auf dem Fernseher. Es gab eine Nordgruppe mit Teams in Köln oder Berlin, zum Beispiel, und eine Südgruppe mit Teams aus München oder Ravensburg zum Beispiel. Da war echt was los, so sagte jedenfalls Dasso.

AFVD News
    Unicorns Urgestein bleibt Offensive Line Coach der deutschen Nationalmannschaft

Stephan Starcke wird Special Teams Coordinator der Herren Nationalmannschaft

Lee Rowland wird Offensive Coordinator der deutschen Herren Nationalmannschaft

Die Tryouts sind terminiert und damit nimmt die EM Vorbereitung der Damen Natio...

Offenes Sichtungscamp der Herren Nationalmannschaft am 25.03.2023 in Frankfurt

weitere News unter -> AFVD.de

Aber Juzilia wurde das zu viel, mit all dem Sport. Dasso verrannte sich da. Das musste mit seiner Verletzung zusammenhängen. Weil er selber nicht mehr aktiv Fußball spielen konnte, war er nun vernarrt in ein Oberkonsumentendasein. Zum Handball wollte er sie auch schon mitschleifen. Vom Baseball war dann die Rede.

Und als ProSieben die Wok-WM wieder aufleben ließ, da hatte er freudig sogar gesungen. Am Ende würde der noch Vorstandsmitglied im Billardverein von Wumms. Dasso war ein echter Spring-ins-Feld. Warum machte der denn nicht auf Instagram wie Kurt mit seinem Feuer und allem dazu herum? Dasso könnte das doch auch. Dann wären wir reich, dann könnten wir schön wegfliegen, irgendwann könnte ich dann die Wohngeldstelle verlassen, wir würden vielleicht ein Kind aus der Ukraine adoptieren (sie selber konnte keine Kinder bekommen, das wusste sie, das war definitiv), und dann hätten sie einen Garten, zusätzlich zur Katze Patty vielleicht ein Kaninchen dabei. Herrlich könnte alles werden. Sie würde dann auch mehr Follower bei Instagram haben, das auch. Sie hätte also in Wumms auch mehr Ansehen. Letztlich wäre sie wer!

Jetzt kam kam Waldemar auf sie zu. Waldemar, der immer was wusste, was andere nicht wissen.

„Von dem Lärm schon gehört?"

„Gerüchte, unklar war da vieles. Ich selber habe aber außer Sirenen noch nichts gehört!"

„Ich aber. Es war wie ein Wumms. Sorry, du wohnst da, aber ich meine jetzt nur mal das Geräusch."

„Dann hat Benzic das von dir? Oder wie?"

„Mit dem habe ich noch gar nicht gesprochen."

„Wieso denn nicht?"

„Weil ich nicht wusste, dass er auch ..."

„Dann haben mindestens zwei das schon gehört."

„Nein, meines Wissens sind wir schon vier, allein im Rathaus von Sprichen. Dann kommt noch meine Schwiegermutter hinzu, die habe ich eben angerufen, dann sind wir schon fünf."

„Und die Sirenen? Von der Feuerwehr?"

„Das wissen wir noch nicht. Da muss ja was sein, aber was?"

„Hängt das eine denn nicht mit dem anderen zusammen?"

„Ich glaube: nein. Aber vielleicht: ja. Frag doch mal Juri, der ist doch bestens im Haus hier vernetzt."

„Aber Juri ist doch schon Monate krank, Long-Covid!"

„Wirklich? Das wusste ich ja gar nicht!"

„Es tut mir so leid. Juri, der war immer so lebendig, so lustig, einer, der für unser Rathaus so wichtig ist."

„Also, wir werden bestimmt noch Monate ohne den auskommen müssen. Juri war einer, der immer auch noch von dem Impfschäden sprach."

„Die gibt es ja auch: Es gibt Impfschäden und es gibt Long-Covid."

„Aber welche Zahlen sind die schlimmeren?"

„Alles ist schlimm, aber da sind ja Leute, die meinen, Impfungen machen Schäden, und ohne Impfungen hätten wir das Paradies."

„Ich weiß es doch auch nicht."

„Hast du deine Kinder denn nicht impfen lassen, ich meine die Kinderkrankheiten und so?"

„Ich habe noch keine Kinder."

„Ach so, du hattest doch diesen Fußballer, ich

dachte, ihr habt beide zusammen bestimmt zwei Kinder."

„Was man so denkt. Waldemar, dich stufe ich für drei Kinder ein. Du bist ja auch zehn Jahre älter als ich, oder zwölf."

„Juzilia, mit drei liegst du genau richtig. Drei Kinder, ich sage dir nicht die Namen, ich zeige dir nur schnell ein Foto."

Schon war das Smartphone aus der Hemdtasche geholt und Juzilia wurde von drei offenbar verdammt glücklichen Kindern angestrahlt. Das Foto war in der Küche aufgenommen worden, eine Frau reichte gerade eine Schüssel an, vielleicht mit Kartoffeln, vielleicht mit Spaghetti.

„Ach ja, was müsst ihr da viel Freude haben."

„Ja, haben wir ja auch. Tina hat auch ein Mädchen aus der Ukraine in die Klasse bekommen. Tina sagt, die zuckt immer zusammen, wenn ein Fenster zuschlägt oder wenn es Lärm gibt."

„Das kann man doch wohl verstehen!"

„Ja, aber ich suche doch nach dem Grund für den Lärm heute hier ums Rathaus. Vielleicht ist ja auch nur ein Kran umgefallen."

„Ja, sicher, aber dann hätte doch jemand davon berichtet".

„Ich habe immer die App von RTL, aber da kommt

nix, bei den News."

„Mein Vater hatte früher immer die Tagesschau geguckt, mehrfach am Tag, aber auf dem Fernseher. Der lebt nun nicht mehr."

„Jammer aber auch! Meine Eltern sind beide noch an Bord, wie man so sagt. Putzmunter, immer voller Ideen. Die planen sogar eine Kreuzfahrt."

„Von welchem Geld denn?"

„Da darf ich nichts drüber erzählen. Mein Vater war ja Schichtarbeiter im Briefverteilzentrum, aber der hat auch sonst noch so einiges am Start gehabt. Also: Es ist jedenfalls genug für so eine Reise da."

„Schön!"

„Er will mit meiner Mutter auch noch zu einem Footballspiel reisen, nach München. Dann hat er den Sport und sie kann in München was rumschauen."

„Da kann er doch meinen Dasso auch noch mitnehmen."

„Dein Fußballer. Heißt der Dasso? Ist der auch so verrückt auf oder nach Sport?"

„Seitdem er der verletzungsbedingt nicht mehr spielen kann, Fußball, ist der ganz wild auf jegliche Ablenkung, die mit Sport zu tun hat."

„Vielleicht braucht ihr drei Kinder, dann hat man Ablenkung genug."

Sein Smartphone mit dem Bild seiner Kinder darinnen hatte er schon längst wieder eingesteckt.

„Waldemar, ich muss wieder an die Arbeit, die 15 Minuten sind um. Grüße deine Frau, deine Kinder deine Eltern, wen immer. Und wenn Geräusche da sind, neue Geräusche, dann rufe doch mal bitte rum, zumindest bei mir."

„Gerne, Juli, gerne."

„Heute nenne mich lieber Juzilia, meinen Urnamen, ich weiß auch nicht warum. Ist so ein Gefühl."

„Weil Freitag ist", knipste er ein Äuglein und marschierte ab: anderer Gebäudeteil.

Juzilia wackelte selber davon. Ihre Hüfte schweifte aus, das Becken war recht breit. Es gab Männer, die dann mal hinpackten und das hinter einer Bemerkung versteckten, von der sie dachten, sie müsse lustig sein.

Sie aber lachte nicht, sondern spuckte sie an. Außerdem rief sie laut den Namen von diesem auf Jahrzehnte verurteilten Filmproduzenten in den USA.

Nun aber rief sie neu: „Du mieser russischer Bezahlsoldat! Was denkst du dir! Sind wir Frauen Müll? Pack-an? Material?"

Früher, als sie den Namen des Produzenten rief,

da wichen sie zurück, gewiss, aber langsamer. Nun aber, wo sie ihr Handeln mit dem von russischen Bezahlsoldaten verglich, und es waren wohl auch unter den Zwangssoldaten einige Schlimmlinge, da ließen sie hier am und im Rathaus binnen Hundertstelsekunden von ihrem Becken ab. Ja, die Hand schnellte schon zurück, als gäbe es Gummibänder.

So hatte sich alles verschoben. Die Männer, die sie einfach mal so berührten, Stichwort: #MeToo, waren sowieso weniger geworden. Aber nun, im Jahr 2023, da ließ sie die erste Silbe von „Russ…" oder „russ…" schon zusammenzucken. So können sich die Dinge wandeln.

Niemand wollte mehr etwas mit Russland zu tun haben, nach außen hin. Wenn es Leute gab, die russische Fahnen auf seltsame Friedensdemonstrationen führten, dann war es dreifach auffällig.

Juzilia war selber kaum politisch, aber aus ihrem großen Herzen heraus verehrte sie alles um die Ukraine. Sie mochte den Stolz, das Wehren, das Aufbegehren. Zugleich verachtete sie nun Russland.

Der Friedensaufruf von Frau Wagenknecht und Frau Schwarzer war für sie ein Thema gewesen, weil sie eine Friedenssehnsucht in sich führte, die so vielen Menschen innewohnt.

Dasso aber hatte sie etwas aufgeklärt, wie er es sähe. Und dass die Ukraine quasi gar nicht vorkommt, dass die russischen Verbrechen nur ganz dezent angesprochen werden, dass man am Ende vom Lesen meint, es seien zwei gleiche Kriegsparteien, ja, am Ende des Aufrufs, so als würden zwei Jungs auf dem Schulhof raufen, und als müsste nur endlich mal Schluss sein.

So wäre es mit dem Aufruf de facto. Wenn man alles mal in Ruhe liest und die eigene Friedenssehnsucht mal etwas ruhen lässt, um genau hinzuhören.

Und Dasso sagte auch: Wenn wir jetzt Waffenstillstand haben, dann werden alle Frauen im russischen Gebiet, in deren Besetzungsgebiet, doch weiter geschändet?! Und die Kinder kommen weiter woandershin! Und die Kriegsverbrechen gegen Männer und alle Menschen wird es doch weiterhin geben. Diese russische Armee ist doch keine „normale" Armee, das ist doch ein Haufen, der nur Gewalt und Gefahren erbringt, in der Masse zumindest, vor allem die Söldner natürlich. Dazu das Böse aus der Luft! Raketen, Bomben, Flüssigkeiten, Gase.

Dasso konnte sich richtig ereifern. Sie hatten beide dann gesehen, dass es nur ein paar Tausende bei der Wagenknecht-Schwarzer-Demo waren, egal ob 13.000 oder 15.000 oder 18.000, dass es keine Fahnen der Ukraine gab, dass die Ukraine gar nicht vorkam, in dieser großen Inszenierung, wo zwei Frauen sich selber feiern wollten, sich selber im eigenen Ruhm suhlten, wo Frau Schwarzer ihren Feminismus de facto in die Ecke stellte, weil ihr die ukrainischen Frauen nichts bedeuten, de facto, es ist alles so schlimm, so schlimm. Und Frau Wagenknecht zeigt keinerlei Gefühle, keinerlei Mitgefühle, alles ist nur kalt und widerwärtig und diesen „Frieden", den diese Frauen mit ihren Hunderttausenden Unterstützern (Followern?) vorschlagen, den kann so niemand wollen.

Dasso fügte hinzu: Wer will mit diesem Putin überhaupt etwas vereinbaren, etwas unterschreiben?! Was der heute unterschreibt, heute „vereinbart", kann morgen schon widerrufen sein. Er hat doch jede Vertrauenswürdigkeit verspielt. Und so jemandem will das Team Wagenknecht/Schwarzer die Ukraine ausliefern, per „Waffenstillstand" und per Schluss mit den Waffenlieferungen?

Julziana wusste nicht viel von der Politik, Dasso wusste mehr. Aber sie hatte auch Gefühle.

Sie forderte: „Dasso, du musst aber deren Aufruf dann auch abdrucken, in dem Buch hier, damit man uns nicht nachsagen kann, wir würden nicht sauber auf die Dinge blicken."

Dasso stimmte zu, und Klausens nahm den Text einfach als Dokument in seinen aktuellen, heutigen Tagesroman hinein, einfach so, wobei er aber dennoch meinte, dass er diesen Aufruf der zwei Frauen für „unsäglich" halte, und das, was sich ohne Ukrainer*innen als „Demo" oder „Kundgebung" dann dargestellt hatte, zudem.

Heute ist der 352. Kriegstag in der Ukraine (10.2.2023). Über 200.000 Soldaten und 50.000 Zivilisten wurden bisher getötet. Frauen wurden vergewaltigt, Kinder verängstigt, ein ganzes Volk traumatisiert. Wenn die Kämpfe so weitergehen, ist die Ukraine bald ein entvölkertes, zerstörtes Land. Und auch viele Menschen in ganz Europa haben Angst vor einer Ausweitung des Krieges. Sie fürchten um ihre und die Zukunft ihrer Kinder.

Die von Russland brutal überfallene ukrainische Bevölkerung braucht unsere Solidarität. Aber was wäre jetzt solidarisch? Wie lange noch soll auf dem Schlachtfeld Ukraine gekämpft und gestorben werden? Und was ist jetzt, ein Jahr danach, eigentlich das Ziel dieses Krieges? Die deutsche Außenministerin sprach jüngst davon, dass „wir" einen „Krieg gegen Russland" führen. Im Ernst?

Präsident Selenskyj macht aus seinem Ziel kein Geheimnis. Nach den zugesagten Panzern fordert er jetzt auch Kampfjets, Langstreckenraketen und Kriegsschiffe – um Russland auf ganzer Linie zu besiegen? Noch versichert der deutsche Kanzler, er wolle weder Kampfjets noch „Bodentruppen" senden. Doch wie viele „rote Linien" wurden in den letzten Monaten schon überschritten?

Es ist zu befürchten, dass Putin spätestens bei einem Angriff auf die Krim zu einem maximalen Gegenschlag ausholt. Geraten wir dann unaufhaltsam auf eine Rutschbahn Richtung Weltkrieg und Atomkrieg? Es wäre nicht der erste große Krieg, der so begonnen hat. Aber es wäre vielleicht der letzte.

Die Ukraine kann zwar – unterstützt durch den Westen – einzelne Schlachten gewinnen. Aber sie kann gegen die größte Atommacht der Welt keinen Krieg gewinnen. Das sagt auch der höchste Militär der USA, General Milley. Er spricht von einer Pattsituation, in der keine Seite militärisch siegen und der Krieg nur am Verhandlungstisch beendet werden kann. Warum dann nicht jetzt? Sofort!

Verhandeln heißt nicht kapitulieren. Verhandeln heißt, Kompromisse machen, auf beiden Seiten. Mit dem Ziel, weitere Hunderttausende Tote und Schlimmeres zu verhindern. Das meinen auch wir, meint auch die Hälfte der deutschen Bevölkerung. Es ist Zeit, uns zuzuhören!

Wir Bürgerinnen und Bürger Deutschlands können nicht direkt auf Amerika und Russland oder auf unsere europäischen Nachbarn einwirken. Doch wir können und müssen unsere Regierung und den Kanzler in die Pflicht nehmen und ihn an seinen Schwur erinnern: „Schaden vom deutschen Volk wenden".

Wir fordern den Bundeskanzler auf, die Eskalation der Waf-

fenlieferungen zu stoppen. Jetzt! Er sollte sich auf deutscher wie europäischer Ebene an die Spitze einer starken Allianz für einen Waffenstillstand und für Friedensverhandlungen setzen. Jetzt! Denn jeder verlorene Tag kostet bis zu 1.000 weitere Menschenleben – und bringt uns einem 3. Weltkrieg näher.

Alice Schwarzer und Sahra Wagenknecht

DIE 69 ERSTUNTERZEICHNERiNNEN

Dr. Franz Alt Journalist und Bigi Alt • Christian Baron Schriftsteller • Franziska Becker Cartoonistin • Dr. Thilo Bode Foodwatch-Gründer • Prof. Dr. Peter Brandt Historiker • Rainer Braun Internationales Friedensbüro (IPB) • Andrea Breth Regisseurin • Dr. Ulrich Brinkmann Soziologe • Prof. Dr. Christoph Butterwegge Armutsforscher • Dr. Angelika Claußen IPPNW Vize-Präsidentin Europa • Daniela Dahn Publizistin • Rudolf Dressler Ex-Staatssekretär (SPD) • Anna Dünnebier Autorin • Eugen Drewermann Theologe • Petra Erler Geschäftsführerin (SPD) • Valie Export Künstlerin • Bettina Flitner Fotografin und Autorin • Justus Frantz Dirigent und Pianist • Holger Friedrich Verleger Berliner Zeitung • Katharina Fritsch Künstlerin • Prof. Dr. Hajo Funke Politikwissenschaftler • Dr. Peter Gauweiler Rechtsanwalt (CSU) • Jürgen Grässlin Dt. Friedensgesellschaft • Wolfgang Grupp Unternehmer • Prof. Dr. Ulrike Guérot Politikwissenschaftlerin • Gottfried Helnwein Künstler • Hannelore Hippe Schriftstellerin • Henry Hübchen Schauspieler • Wolfgang Hummel Jurist • Otto Jäckel Vorstand IALANA • Dr. Dirk Jörke

Politikwissenschaftler • Dr. Margot Käßmann Theologin • Corinna Kirchhoff Schauspielerin • Uwe Kockisch Schauspieler • Prof. Dr. Matthias Kreck Mathematiker • Oskar Lafontaine Ex-Ministerpräsident • Markus Lüpertz Künstler • Detlef Malchow Kaufmann • Gisela Marx Journalistin • Prof. Dr. Rainer Mausfeld Psychologe • Roland May Regisseur • Maria Mesrian Theologin • Reinhard Mey Musiker und Hella Mey • Prof. Dr. Klaus Moegling Politikwissenschaftler • Michael Müller Vorsitzender Natur-Freunde • Franz Nadler Connection e.V. • Dr. Christof Ostheimer ver.di-Vorsitzender Neumünster • Dr. Tanja Paulitz Soziologin • Romani Rose Vors. Zentralrat Deutscher Sinti und Roma • Eugen Ruge Schriftsteller • Helke Sander Filmemacherin • Michael von der Schulenburg UN-Diplomat a.D. • Hanna Schygulla Schauspielerin • Martin Sonneborn Journalist (Die Partei) • Jutta Speidel Schauspielerin • Dr. Hans-C. von Sponeck Beigeordneter UN-Generalsekretär a.D. • Prof. Dr. Wolfgang Streeck Soziologe und Politikwissenschaftler • Katharina Thalbach Schauspielerin • Dr. Jürgen Todenhöfer Politiker • Prof. Gerhard Trabert Sozialmediziner • Bernhard Trautvetter Friedensratschlag • Dr. Erich Vad Brigadegeneral a.D. • Prof. Dr. Johannes Varwick Politikwissenschaftler • Günter Verheugen Ex-Vizepräsident EU-Kommission • Dr. Antje Vollmer Theologin (Die Grünen) • Peter Weibel Kunst- und Medientheoretiker • Nathalie Weidenfeld Schriftstellerin • Hans-Eckardt Wenzel Liedermacher • Dr. Theodor Ziegler Religionspädagoge

Eine Kundgebung am 25. Februar, um 14 Uhr am Brandenburger Tor haben Alice Schwarzer und Sahra Wagennecht zusammen mit Brigade-General a.D. Erich Vad organisiert. Kommt alle!

So blieb es dann im Daseinsroman vom 3.3.2023 stehen. Juzilia war dankbar, dass die Dinge so gehandhabt werden konnten.

Frieden wäre immer schön, aber Frieden so, dass du nachher unterdrückt und gequält wirst? Ist das Frieden? Auch ein Waffenstillstand, wo du dann in dem Besetzungsgebiet der Russen unterdrückt und gequält wirst? Ist das gut? Nein, nein, nein!

Juzilia konnte sich so gar nicht mehr auf ihre Arbeit konzentrieren. Sie machte Fehler, sie zeichnete falsch ab, sie kontrollierte nicht richtig, verrutschte in der Zeile, meinte aber dennoch, der Antrag wäre okay, das müsse man so annehmen, da sei richtig, ja, da dürfe Geld fließen, wenn es denn mal endlich auch so verabschiedet worden sei, und in Kraft sei, am 1.4.2023 wohl, das alles um das Wohngeld mit erweiterten Berechtigungen zum Bezug.

Geld und Tote, wie ließ sich das vergleichen?

Sie würde gleich, nach 15.30 Uhr, mit Yulia aus der Ukraine zusammen nach Hause gehen, von

Sprichen nach Wumms, das war ja mal was, das war ein Anfang, das war eine kleine Völkerfreundschaft zu zweit.

Sie würde natürlich (Annahme!) auch mit einer Russin gehen, wenn diese eine anständige, ehrliche Frau wäre. Sobald diese aber anfangen würde, den Putinkrieg zu verteidigen, dann würde es verdammt schwer, das müsse man ja auch mal sagen, also denken.

Nicht alles darf, nicht alles kann. Gute Menschen sind gute Menschen. Da sieht man ja auch woanders, schon im Fußballverein von Dasso, da spielten sie zusammen, Türken, Polen, Russen, Deutsche, was immer, oder Türken, die einen deutschen Pass hatten, Japaner, die eine deutschen Pass hatten, Libanesen, die einen deutschen Pass hatten. Hauptsache, sie waren spielberechtigt. Und das klappte doch! Das funktionierte. Es soll mal eine Schlägerei gegeben haben, wo welche den Schiedsrichter attackierten, beim Stand von 0:1, dann der Elfmeter, ja, das gab es auch. Man muss es nicht schönreden. Aber in der Masse kamen die Leute gut klar, wenn man den ganzen Nationenmurks wegließ.

Mensch zu Mensch.

Da. Dasein.

Die Geräusche also.

Als sie weiter am Schreibtisch saß, im Rathaus, da hört sie auch Geräusche. Ja, da war etwas Dumpfes. Sie würde auch nicht sagen oder denken, das könnten Schüsse sein. Ein umfallender Kran aber auch nicht. Vielleicht hauen die Pfosten in den Boden, weil der feucht ist. Die wollen was bauen und hauen dann etwas in den Boden, mit einer Ramme, dann wird alles stabiler, und dann können sie was bauen. In Sprichen sollte ja eine neue Mediothek entstehen, die ist auch schon 5 Millionen teuer, man musste nicht immer nach Bonn oder Köln schauen. Überall war es teuer, überall gab es immer weniger Geld. Also wurde vielleicht in Springen an dieser Mediothek gebaut. Mit Rammen.

So erklärte Juzilia sich das. Das Geräusch, nein, die Geräusche, es waren ja doch mehrere.

Sie zuckte jetzt nicht zusammen, musste aber daran denken, dass Waldemars Tochter ein Mädchen aus der Ukraine in der Klasse hat, die immer zusammenzuckt. Dieses Mädchen müsste ja endlos oft zusammenzucken, bei solchen Geräuschen. Da konnte man sich nicht vorbeimogeln. Das war eine Reaktion des Körpers.

Wie viele Kinder werden traumatisiert sein?, dachte Juzilia. Nur damit Herr Putin mehr Gebiet bekommt. Damit er auf der Landkarte sein „Gebiet" beguckt und dann glücklich ist, scheinbar glücklich. Wie ein verlorener König aus einem Märchen. Und dazu dann dieses unermessliche Leid. Wie soll man das verstehen? Wie soll man da noch beten?

Mama Breni rief immerzu zum Beten auf, aber wenn Mädchen zucken, weil eine Ramme niedergeht, und wieder und wieder zusammenzucken, was soll da ein Gebet helfen? Diese Traumata, so zart bei einem Mädchen, ganz zu schweigen von von denen, wenn es zu böser Gewalt gegen Menschen kommt, wenn Wohnungen zerstört werden, Häuser, Leiber, die Menschen also selbst direkte Opfer werden, wenn dazu gefoltert wird, gequält wird, wenn alles nur ein großes Unrecht voller großer Schmerzen an Körper und Seelen ist, wenn alles zu einer Leidmasse zusammengepresst scheint, ein Kilo Leidmasse, 10.000 Kilo Leidmasse, Millionen Tonnen Leidmasse: Was, bitte schön, gibt es da zu beten und zu sagen? Was?

Juzilia konnte immer weniger arbeiten, sie war so in ihren trüben Gedanken verloren. Und es kam nicht einmal eine Antwort-WhatsApp von Julchen, nicht einmal das. Nichts kam, außer diesen Geräuschen.

Sie hätte natürlich gerne das Rathaus verlassen,

um sich einfach mal zu umzugucken. Einfach mal losgehen und den Geräuschen hinterher. Danach weiterschauen, weiterüberlegen. Welche Gewalt war da, hier in Sprichen? Welche Gewalt gab es auch hier? War das Geräusch einer Ramme denn schon Gewalt? Oder dann, wenn ein Mädchen dabei zusammenzuckte?

Aber heute war nicht Freizeit, sondern Arbeitszeit. Also würde sie auch arbeiten, ganz ehrlich, ganz ordentlich. Diese Wohngeldanträge hatten sie schon über Jahre begleitet, diese Anträge würden sie auch noch Jahre begleiten. (Falls Dasso nicht beruflich noch einmal groß aufsteigen sollte. Aber das schien für den TikToker Kurt viel wahrscheinlicher.)

Da war es ganz natürlich, dass sie einerseits etwas tat, dass aber der Kopf nicht auszuschalten war. Die eine Welt war das Papier, was vor ihr lag, die andere der Kopf, der wie ein eigener Motor dahintuckerte. Heute waren die Gedanken viel aggressiver als sonst. Auch waren es mehr, eine größere Fülle, die ihren Kopf durchströmte.

Die digitalen Anhänge, also PDF-Dateien und Bilddateien, gescannte Auszüge ... zu den Wohngeldanträgen, das wollte sie heute nicht mehr beginnen. Das wäre ihr zu viel an Durcheinander gewesen.

Vielleicht würde Gise es ja machen, wenn die endlich gesund würde. Gise liebte das elektronische Arbeiten doch so sehr. Bei Gise dachte man immer, die wäre am Ende mit einem Computer als Körperteil geboren worden. Papier ja, gern, aber digital, das war für sie Abenteuer pur.

Juzilia aber, die machte gerne auf dem Smartphone herum – dieser große Tischcomputer, der schreckte sie eher ab. Diese Papiere aber, die sie verschieben konnte, auf dem Arbeitstisch, das fand sie viel eher wirklich. Das ging auch nicht so auf die Augen.

Dazu musste sie, auch das sollte man erwähnen, immer checken, was die Briefe enthielten, von den Antragstellern, aber auch, was sie enthalten sollten. Wenn „Nachweis der privaten Krankenversicherung" mal vom Amt angekreuzt worden war, dann müsste der Nachweis auch eingereicht worden sein. Fand sich dieses Dokument allerdings nicht, dann musste sie, Juzilia, nachgucken, ob der beiliegende Brief, wenn es einen gäbe, denn etwas zum Fehlen sagte, oder nicht.

Da musste man aufmerksam bleiben. Zugleich hatte sie im Computer für alle Antragsteller eine Liste, wo sie Name für Name markierte. Ja, ist da;

nein, ist nicht da. Kommt später. Kann die Person nicht beibringen. Will die Person uns nicht zeigen ... und solche Notizen dabei. Manchmal schrieb sie auch: betreibt Wäscherei. Fährt großes Auto, einen Multivan. Allerlei Informationen, auch solche, die sie nicht aus den Anträgen kannte. Sie schaute auch mal im Internet nach. Oder sie wusste einfach so etwas: alter Mitschüler, kannte sie vom Sport, Nachbarin, Tochter war mit ihr bei der Kommunion.

Bei diesem Tippen geschah etwas sehr Merkwürdiges. Die Taste T, mit der man das kleine t und das große T tippte, blieb immerzu hängen. Dieses Phänomen kannte sie gar nicht. Sie kannte dreckige Tastaturen, vom Gebrauch ... oder, weil etwas Kaffee geschwappt war. Aber heute steckte die Taste fest und kam dann in Zeitlupe hoch, gerne noch weitere t und T dann anzeigend, also auch tippend.

Ein absolutes Kuriosum.

Unglaublich nervend.

Wenn es wenigstens mal das U für Ukraine gewesen wäre. Es musste jedoch das T sein, welches sie bestimmt deutlich häufiger benutzte. Dabei gab es auch noch ein leises Quiezjzuzujfg vfg fg5 vfgf fvg5ff5fc vgtfdvbbbbhbztbfbhtfbntbh5fg5dg54edhz5gvbnuztbn54ebn 65ztzrfrrfgrfgt5gtz6tghzt6tgzt5tztz5u5tgrfger323565ztrz-

zuztrtztzt6zztrertredfgfdfgztrfgt5rfgztrfgtrdfgfd-
frftgftfgfvgtrfgtfgtgfgtfgtrfgztrfgtftrdftrgtz65rrtrtf-
redttztggvt6gztrtretgrewertrewertrertzuiopü+d.

Also entstanden dann durch das Wischen an
der Taste seltsame Buchstabenfolgen, die sie auch
nicht haben wollte. Aber es half ja nichts, sie könnte
nicht Greilhammer von der Technik anrufen, an
einem Freitag.

Der hätte unecht gelacht, dann aber gesagt: Frau
Granzow, Sie müssen auch mal die Tastatur reini-
gen, aber wenn der Computer aus ist, am besten
zum Feierabend hin. Danach reiben sie alles tro-
cken und lassen die Tastatur über Nacht in Ruhe. Wir
haben ein kleines Pinselchen und etwas Flüssigkeit
im linken Schrank auf der A7. Aber die Flüssigkeit
darf nicht in die Tasten laufen, schon ja nicht darunter. Das ist nur für die Oberfläche. Und die Tasten auch mal runterdrücken und die auch putzen.
Dazwischen dann auch. Das muss man mit Liebe
machen, so wie Sie es ja auch mit Ihrem Schmuck
wahrscheinlich machen. So in etwa.

Den Greilhammer wollte sie sich ersparen, also
machte sie selber rum. Das hatte aber folgenden
Haken: Wenn sie jetzt an der Tastatur rummacht,
und es kommt jemand rein, dann würde die Person denken, sie täte nichts, weil Freitag wäre, und

würde „rumputzen", einfach damit die Zeit vergeht.

Niemand würde aber denken, dass sie wirklich die Anträge abarbeitet, und dass sie nur deshalb putzt, damit sie diese Arbeit auch vollenden kann. Die Leserinnen und Leser werden verstehen, was gemeint ist, wenn sie Juzilia bis hierhin in ihr Herz geschlossen haben.

Außerdem hatte sie 100 Euro noch gespendet, an RTL, da stand was mit Kindern und mit Ukraine, das fand sie so gut.

Breni rief an, Mama Breni.

„Aber ich bin doch auf Arbeit."

„Du kannst doch dein Phone ausschalten."

„Mache ich in Zukunft auch. Solche Anrufe gehen ja gar nicht. Was willst du denn?"

„Ich frage wegen Samstag. Da ist ja kein Spiel vom BVB."

„Jetzt guckst du auch schon so was nach?"

„Muss ich doch, wenn sich eure ganze Freizeit nach diesem Verein richtet. Vielleicht kommt ihr ja rüber, du und Dasso, Silke und Kurt kommen auch. Wir trinken schön Kaffee, die Männer können bei mir Sky gucken, ich habe das Abo ja sei dem Ersten des Monats. Und wir drei Frauen haben doch immer was zu quatschen."

Mama war gar nicht aktiv, auch nicht mit den Menschen aus der Ukraine, obschon sie noch in der Gemeinde war. St. Bonifazius. Da gab es allerlei Angebote und Kreise, gerade für Frauen aus der Ukraine, auch für Frauen mit Kindern, aber Mama war nicht involviert. Stattdessen hatte sie sich Sky zugelegt, um ihre Wohnung für die beiden Schwiegersöhne attraktiver zu machen. Und morgen wäre dazu der erste Test. Samstag, der Tag nach dem BVB-Spiel. Kurt war übrigens mehr für Schalke, aber die waren ja am Ende der Tabelle. Aber Kurt und Dasso hatten sich nie um die zwei Vereine gestritten. Nicht wegen Fußball.

Wegen Klima, das ja. Dann gab es mal eine Auseinandersetzung. Und wegen der Aktionen.

Dasso war deutlich mehr dafür als Kurt. Wenn beide im Stau standen, waren sie jedoch beide sehr dagegen. Sie hätten es besser gefunden, irgendwelche Firmen zu blockieren. Aber nicht den normalen Autofahrer.

Heute sollte es auch Klima-Aktionen geben, aber bei ihrem Fußmarsch am Morgen hatte Juzilia nichts mitbekommen. „Globaler Klimastreik" war für den 3. März 2023 mal wieder angekündigt.

Wir sind Fridays for Future!

Die Klimakrise ist eine reale Bedrohung für die menschliche Zivilisation – die Bewältigung der Klimakrise ist die Hauptaufgabe des 21. Jahrhunderts. Wir fordern eine Politik, die dieser Aufgabe gerecht wird.

Fridays for Future: Das sind alle, die für unser Klima auf die Straße gehen.

Die Klimastreik-Bewegung ist international, überparteilich, unabhängig und dezentral organisiert. Mach mit und werde Teil unserer Bewegung!

600 +
Ortsgruppen

5.000 +
Streiks

5.000.000 +
Menschen auf der Straße

Warum auf eine Zukunft bauen, die bald nicht mehr lebenswert sein wird? Unsere Antwort auf diese Frage ist der Klimastreik: Wir streiken für eine wirkungsvolle Politik, die dem Ausmaß der Klimakrise gerecht wird. Wir haben zehn Jahre, um unsere Ziele zu erreichen und müssen jetzt beginnen. Auf geht's!

Die Wissenschaft gibt uns Recht: Über 26.000

Wissenschaftler*innen im deutschsprachigen Raum bestäti-gen, dass unser Anliegen berechtigt ist. Dazu haben wir folgen-de Forderungen aufgestellt. Wir fordern von der Politik nicht mehr als die Berücksichtigung wissenschaftlicher Fakten.

Aber wir Lesenden sind immer noch bei Mama Bre-ni. Juzilia wird zustimmen, ja, man werde kommen. Ja, beide Männer, ja, drei Frauen. Alles gut, aber sie müsste doch bitte nun in Ruhe fertig alles abar-beiten dürfen. Da solle man ihr nicht nehmen. Sie wisse, wozu und wofür sie arbeite. Sie nehme das ernst. Und wenn Mama das nicht akzeptieren kön-ne, dann könne sie, Juzilia, nichts dafür. Morgen, ja, ja, aber jetzt müsse auch gut sein.

Man hätte fast den Eindruck bekommen können, es gäbe Zwist, war aber nicht.

Mutter schob nach: „Und die Geräusche!?!?"

„Du auch?"

„Kam doch im Radio. Welle Wumms 89,2. Du bist aber von vorgestern."

„Mutter, diese Geräusche machen mir Angst."

„Uns doch auch, Kind. Allen!"

„Weiß man denn, was es ist?"

„Niemand weiß Genaues. Eine Ramme ist es nicht. Manche Leute dachten, es müsse die Ramme sein, für neue Mediothek. Aber dem scheint nicht so."

„Ach, Mama."

Nun wollte Juzilia doch einmal Radio hören. Aber sie tat es nicht. Immer noch nicht. Es gab ja auch kein Radio hier. Sie hätte Radio streamen können, via Smartphone, aber das kam ihr unschön vor. Musste nicht sein.

Ob das Dasso was wüsste. Nein, den würde sie im Homeoffice nicht stören. Der war dann vielleicht aufgebracht. Manchmal konnte der sich so sehr in Sachen hineinkneten, dass niemand ihn dann stören durfte. Niemand.

Waldemar rief nicht mehr an. Benzic rief nicht mehr an. Holitschek rief auch nicht mehr an.

Wieso denn nicht?

Hatten die nichts weiter gehört? Vom Geräusch?

Oder hatten die sich verdünnisiert?

Was machte Juzilia nun? Sie rief selber im Rathaus rum, auch bei der Durchlechner, bei Krings, bei Kalliopos, bei Mehmeter, bei Gondan, Hannelore, Tille ... nur beim Bürgermeister, da hatte sie keine Traute.

Alle Telefone aber waren stumm, niemand ging dran, vielleicht klingelten die laut und heftig. Aber sie konnte es ja nicht hören. Sie war doch nur die Juzilia, die alle vergessen hatten und die nun den Geräuschen hinterhertelefonierte. Es war aber schon 15:07 Uhr, das Wochenende war per se nah.

Wollte sie mit Yulia gehen, dann musste sie auch um 15:32 Uhr unten vor dem Rathausportal stehen. Da gab es keine Alternative.

Aus dieser Überlegung heraus packte sie ihre Sachen zusammen, und zwar so, dass der Schreibtisch sowohl nach Arbeit aussah, als aber auch Ordnung und Wohlorganisiertheit zu erkennen gab. Eine perfekte Mischung von zwei Kernideen, so stellte Juzilia sich das vor.

Bald schon hatte sie den Mantel an, bald schon. Sie stellte sich dann hin und guckte, was zu tun sei. Warten, Geräte aus, Fenster zu, Lichtschalter bedienen. Aus, alles aus. Rollladen hochfahren, falls Wind käme. Sie müsste auf alles gefasst sein.

Sie zog die Türe zu und schloss ab. Die Putzfrauen hatten Schlüssel, der Hausmeister und der Bürgermeister, ansonsten aber niemand. Das war alles klar geregelt. An einem Freitag würde sie doppelt gut aufpassen, dass alles richtig werden würde.

Sie ging die Treppe hinunter, aber alles kam ihr verdammt leer vor. Man hätte denken können, das Haus sei schon vollkommen entleert.

Sonst an einem Freitag, da gab es quirliges Durcheinander. Aber heute war es nicht so, heute war seltsame Ruhe. Eigentlich ein Kontrast zu dem

Geräusch.

Juzilia wollte dennoch auf Yulia warten, auch wenn alles etwas leer schien. Yulia würde doch bestimmt auf sie warten.

So kam es dann auch: Yulia wartete, in einer Art von Kamelhaarmantel, den sie vielleicht noch aus der Heimat mitbringen konnte, wo sie schon ohne Fotos und Dokumente nach Deutschland kam.

Yulia wirkte bedrückt. Hatte sie wieder Anrufe bekommen? Nachrichten als SMS? Oder lief bei denen alles über Telegram?

„Juzilia, wir haben Glück, denn ohne Verkehr können wir unbeschwert gehen. Aber wir haben Peche. Es sind so viele Staus, dass sei ist gekommen die ganze Stadt in Unruhe. Meine Eltern haben angerufen, zu Hause ist alles okay, Ika ist auch gut."

Juzilia guckte wenig erleichtert. Was käme nun?

„Da sind nur diese Lärm, weißt du. Mein Telefon platzt, etliche Anrufe für Lärm, von anderen Menschen aus der Ukraine. Das ist wenig leicht für unserer. Verstehen du bist?"

„Ja, ja, der Lärm. Ich hörte heute von einem Geräusch, vielleicht war es wie Lärm. Denkst du da an den Krieg?"

„Wir denken immer daran. Ika zuckt bei jede Lärm immer zusammen. Immer."

Also bei denen auch? Alle Kinder aus der Ukraine zucken zusammen? Heute war dieser blöde Lärm, was Yulia „die Geräusch" oder „die Lärm" nannte. War das so bei Frauen? Geräusch, Lärm?

„Lass uns gehen. Das Rathaus war ganz leer, das fand ich komisch."

Yulia kannte sich in der deutschen Arbeitskultur nicht aus, deshalb konnte und wollte sie dazu kein Urteil fällen.

Beide Frauen fielen also in einem strammen Schritt. Juzilia überlegte, ob die andere selber Soldatin war, gewesen war. Sie kannte die Regeln aber nicht, sie wusste von der Ukraine so wenig, viel zu wenig. Aber sie liebte dieses Land und auch die tapferen Frauen, die nach Deutschland gekommen waren. Eine andere Tapferkeit als der Kampf an der Front, gewiss, aber dennoch musste dieses Tatkraft von Männern und Frauen doch alle beeindrucken.

Yulia berichtete von einem ganz aktuellen Urteil, nun aus Weißrussland.

Schrecklich.

Der weißrussische Friedensnobelpreisträger Ales Bjaljazki ist zu zehn Jahren Gefängnis verurteilt worden. Ein Gericht in der Hauptstadt Minsk befand den 60-jährigen Menschenrechtsaktivisten und drei Mitangeklagte am Freitag schuldig, Proteste gegen die Regierung des autokratischen Präsidenten Alexander Lukaschenko finanziert und Geld geschmuggelt zu haben. Das meldete die staatliche Nachrichtenagentur Belta. Bjaljazki bestreitet die Vorwürfe. Menschenrechtsorganisationen sprechen von einem politisch motivierten Prozess.

Bjaljazki ist Mitbegründer der Menschenrechtsorganisation Wjasna, die das Vorgehen weißrussischer Behörden gegen Demokratie-Aktivisten dokumentiert. Er sitzt seit 2021 in Haft und wurde im vergangenen Jahr mit dem Nobelpreis geehrt.

Die im Exil lebende Oppositionsführerin Swetlana Tichanowskaja nannte das Urteil „entsetzlich". Bjaljazki und die anderen Aktivisten seien zu Unrecht verurteilt worden. „Wir müssen alles tun, um gegen diese schändliche Ungerechtigkeit zu kämpfen und sie zu befreien", schrieb sie auf Twitter.

Bjaljazki ist einer der prominentesten Regierungskritiker unter den Hunderten, die während der gewaltsamen Niederschlagung der monatelangen Massenproteste gegen die Regierung festgenommen wurden. Die Demonstrationen waren nach der Wiederwahl des langjährigen Staatschefs Lukaschenko im Sommer 2020 ausgebrochen, dem Wahlbetrug vorgeworfen wird und der ein enger Verbündeter des russischen Präsidenten Wladimir Putin ist. Sie dauerten bis ins Jahr 2021 an. Die Menschenrechtsorganisation Wjasna übernahm eine führende Rolle bei der Bereitstellung rechtlicher und finanzieller Unterstützung für die Inhaftierten.

„Wer immer was sagt, was tut, in diesen Ländern geht gar nichts mehr. Immer nur Haft, Prozesse, Urteile."

Yulia umwehte Resignation.

Juzilia tat das leid. Sie dachte an Samstag, das Treffen bei Mama. Wie klein waren ihre Probleme, wie groß die von Yulia.

Sie schien ja richtig politisch zu sein, wenn sie solche Urteile kannte. Sie selber wusste nicht einmal den Inhalt vom Aufruf der Wagenknecht-Schwarzer-Gruppe. Erst Dasso hatte sie darauf gestoßen. Aber Yulia war ihr voraus, sie war gebildeter, klüger. Vielleicht hatte die ja studiert. Man sah doch so viele Ukrainerinnen im Fernsehen, denen dann allen ein Studium nachgesagt wurde. So, als gehöre das bei denen zum Standard.

Da konnte Juzilia nicht mithalten. Lediglich Realabschluss hatte sie, den aber mit einer verdammt guten Note.

Dann standen da Menschen zusammen, Hunderte. Aber wieso? Was wollten die?

Es musste da eine Art von Loch sein. Man konnte an den Gesichtern erkennen, dass die Blicke in den Abgrund gingen, weit hinab.

Yulia und Juzilia aber kamen nicht vor.

Juzilia fragte dann: „Was ist los?"

„Wir haben eine riesiges Loch. Einfach so. Da ist etwas abgesackt. Da scheint auch ein Auto drin zu sein. In dem Auto sind vielleicht noch Menschen. Das wäre dann schlimm. Das Auto scheint umgestürzt, liegt also auf dem Dach. Zugleich ist alles zusammengeknickt, zwischen Dach und Autohauptkarosserie, da ist nichts mehr. Wenn da ein Mensch drin war, oder zwei, so wären diese bestimmt zerquetscht."

„Gab es Geräusche?", wollte Juzilia noch wissen.

„Sicher, das war schon laut. Oder meinen Sie bestimmte Geräusche?"

„Ich dachte an Geräusche, weil heute viele davon sprachen. Auf Arbeit zum Beispiel, da sprachen viele davon."

„Ach so, auf Arbeit. Wo arbeiten Sie denn?"

„Im Rathaus. Von Sprichen."

„Ja, aber das Grundstück hier, das könnte schon zu Wumms gehören."

„Ich wohne in Wumms, arbeite in Sprichen."

„Dann sind Sie ja doppelt betroffen."

„Aber ich kenne das Auto doch gar nicht."

„Ich kenne es doch auch nicht. Aber wenn es Bürger von Wumms sind, ist es genauso schlimm, wie wenn es Leute aus Sprichen sind."

„Ja, sicher, ich habe aber auch nie etwas Gegenteiliges gesagt."

„Aber Sie haben doch bestimmt den Aufruf von Wagenknecht und Schwarzer unterschrieben!"

„Nein, wieso: Was hat das denn hiermit zu tun?"

„Man möchte ja wissen, mit wem man so an solch einem Menschenauflauf steht."

„Wir gehen doch sofort weiter."

„Dann gehen Sie doch endlich!"

Und schon marschierten Yulia und Juzilia weiter, alles in Richtung Wumms. Sie wusste wirklich nicht, wo die Stadtgrenze war. Ihr schien das auch unwichtig. Beim Krieg da hieß es immer: Bloß nicht auf russisches Territorium! Die durften die Ukraine vollbombardieren, aber die Ukrainer sollen schön im eigenen Land bleiben, damit kein Weltkrieg ausbricht. Das war doch fast schon pervers.

Yulia erläuterte nun, wo sie wohnte. Das war gar nicht so weit von der Parterre-Wohnung von Juzilia und Dasso. Vielleicht könnte man sich also privat treffen. Nein, die sollte doch morgen zu Mama Breni kommen, nach Kammerling. Aber die waren ja vier, das ging nicht, schon wegen des Autos. Oder Yulia kam nur mit Tochter Ika mit, dann ließ man die Großeltern mal allein. Schien auch nicht gut. Alles nicht richtig überzeugend.

Nach circa einem Kilometer mehr kam es zum nächsten Halt, wieder Hunderte Menschen, wieder starrten sie nach unten. Sie schienen aber nun mitten auf der Straße zu stehen. Stau war auch. Ob die Klimaleute heute eine Straßensperre machten? Juzilia war sich unsicher.

Yulia kannte sich mit Fridays for Future gar nicht aus. Ja, sie kannte Greta, wer kannte die nicht?! Aber was da in Deutschland passiert, das wusste sie nicht. Und Juzilia wusste es auch nicht. Sie hatte mitbekommen, dass die Luisa Sowieso, die bekannte deutsche Aktivistin, mit dem Mann vom Fernsehen zusammen ist, der die Sendung weitermacht, wo mal der Herr Plasberg war. Die macht der nun weiter, der mal als Junge in einem Fußballfilm mitspielte. Sie wusste den Namen nicht. Dasso hätte den Namen natürlich gewusst. Aber das half hier nicht weiter.

Es war ja auch gar nicht das Thema.

Hier war Auflauf, aber weshalb? Ob FFF dahintersteckte, wer wusste es?

„Wissen Sie, was hier los ist?"

„Nein, nur grob!"

„Was denn grob?"

„Es soll ein Loch geben. In der Straße. Ein Auto ist

92

verschluckt, vielleicht auch zwei. Beide in der Fahrt. Es war eine langsame Fahrt, weil wir heute verstaute Straßen haben, wegen des Streiks. Aber wie konnte es sein, dass zwei Autos verschluckt wurden. Die Straße muss aufgegangen sein, einfach so. Nein, kein Horrorfilm. Da ist wieder was abgesackt. Bestimmt. Aber in den zwei Autos waren jeweils Menschen. Ich weiß nicht, ob die noch leben."

Sirenen gab es nun auch. Sirenen hatte sie schon mal gehört, heute. Direkt am Rathaus, als die Feuerwehr abfuhr. Nun aber Sirenen hier bei einer Absackung.

Sie erklärte es Yulia. Das mit Absackung verstand sie nicht. Aber „Loch" und dann mit den Händen zeigen, das verstand Yulia dann doch. Schließlich hatten sie einen ähnlichen Vorfall schon einen Kilometer zuvor gehabt.

Juzilia ahnte auch, dass es mit zwei Vorfällen nicht zu Ende wäre. Da käme noch mehr.

Yulia wirkte deutlich unruhiger als zuvor.

„Das erinnert dich an den Krieg?"

„Alles, alles. Aber nun noch mehr. Diese Geräusch, aber nun diese Loch, also diese Locher. Da platzt bestimmt noch mein Telefon, diese Abend."

Yulia dachte schon voraus.

Man müsste erst einmal ankommen, in Wumms,

beide jeweils bei ihrer Wohnung.

Irgendwie schien das für Juzilia nun die nächste Aufgabe.

Im Krieg gab es immer Sirenen. Und dann mussten alle Menschen da, wo sie waren, irgendwo in Schutzräume oder in die U-Bahn oder was es eben so gab, je nach Ort. In Wumms gab es keine U-Bahn, in Sprichen gab es ebenfalls keine U-Bahn. Aber wie sollte man das in den Griff bekommen, das alles?

Nächster Kilometer, nächster Vorfall. Unglaublich. Ja, wieder ein Loch.

Nein, keine Autos drin. Ein Fußgänger, der schien noch zu zappeln. Auch hier Sirenen. Und viel Geblinke von blauen Lichtern. Was für ein seltsamer Tag heute.

Aber ihr war das T ausgefallen an der Tastatur, heute auf Arbeit, nicht das U. Und tippen konnte man auch noch, man musste nur die Buchstaben mit einem Finger wieder nach oben drücken.

Jetzt schien das Rathaus weit, Wohngeld noch weiter. Tastaturen? Die hatte man auch am Telefon, also am Smartphone-Telefon, das war jetzt gemeint.

„Yulia, es scheinen jeden Kilometer Vorfälle zu sein. Wir sind drei Kilometer gegangen, wir hatten drei Vorfälle. Ich vermute, es kommen also noch weitere fünf, bis wir endlich genau da in Wumms angekommen sind, wo wir wohnen."

„Ja, ja, ja, du hast so richtig, Juzilia. Du hast immer richtig. Du kennst dich aus. Ich kenne nur den Krieg. Aber es kommt mir alles so sehr vor wie Krieg."

Nun rief Dasso auf dem Handy von Juzilia an: „Es gibt Geräusche und Löcher in der Stadt. Man spricht schon vom Krieg, aber es soll kein Film sein. Ich hoffe, du bist sicher."

„Ich bin mit Yulia unterwegs, alles sicher. Wir haben drei Löcher schon gesehen, und immer Menschen, aber wir sind sicher. Yulia ist aus der Ukraine, sie spürt das, wenn es richtig Krieg ist."

Dann Dasso: „Wieso sollen wir in Sprichen und Wumms auch Krieg haben?!"

„Meine Mama ist okay!"

„Woher weißt du das?"

„Ich habe doch mit ihr telefoniert."

„Wann"

„Oh, nachmittags, noch auf der Arbeit."

„Da kamen aber noch nicht die Löcher in den Nachrichten. Die Löcher sind auch auf der tages-schau-App. Macht euch da nix vor. Und deine Mutter rufe ich jetzt auch mal an."

„Aber Kammerling ist nicht Wumms!"

„Vielleicht haben die da auch Löcher nun. Ich rechne mit allem."

„Dasso, ich rechne mit dir. Vergiss nicht Clueso, wie fahren da mal hin."

„Gern, aber ich sitze im Auto nach Dortmund. Schon vergessen?"

„Nein, aber wo seid ihr?"

„100 Kilometer müssen wir noch, vielleicht 95. Das wird eng."

„Anpfiff?"

„20 Uhr 30."

„Also noch etwas Zeit."

„Ja, aber wir stehen mehr, als dass wir fahren. 100 kilometer gehen wäre schneller."

„Ich gehe mit Yulia, ja, wir wären schneller. Aber die Löcher, da müssen wir immerzu anhalten."

„Wer hat sich das alles nur ausgedacht?"

„Die Wohngeldstelle war es nicht! Da sei dir mal bitte sicher. Dasso, ich hab dich lieb. Bis bald mal. Grüße das Stadion von mir.

Yulia wollte gehen und gehen, sie wollte kein weiteres Loch. Sie sehnte sich nach Tochter Ika, vielleicht hatte sie auch Angst um Tochter Ika. Der Krieg lebte in ihr wieder auf. Von ihrem Mann sagte sie nichts, dabei war auch der Krieg wieder voll im Gange.

Auch heute, am Freitag.

Kampf um Bachmut „Sie schicken Angriffswelle auf Angriffswelle"

Stand: 03.03.2023 15:40 Uhr

Die Lage in Bachmut wird für die ukrainischen Verteidiger immer verzweifelter. Die russische Armee schickt ständig neue Soldaten in den Kampf um die zerschossene Stadt. Dort harren noch 5000 Zivilisten aus - darunter auch etwa 40 Kinder.

Von Andrea Beer, ARD-Studio Kiew

Der erbitterte Kampf um Bachmut ist der bisher intensivste seit Beginn der russischen Großinvasion vor gut einem Jahr. Dort greifen russische Armee und Wagner-Söldner weiter von drei Seiten aus an. Nach ukrainischen Angaben kontrollieren die Besatzer den Osten des Flusses Bachmutka und versuchen, Kontrolle über die Straße Richtung Westen zu erlangen, in Richtung des Ortes Kostyantynivka. Der Abzug der ukrainischen Armee aus der umkämpften Stadt im Donbass scheint näher zu rücken.

Juzilia und Yulia wussten von diesen Nachrichten nichts. Sie gingen ja, da wollten sie nicht noch Infos abrufen, die man da und dort hätte finden können. Es gab ja auch diverse „Ticker", wo immerzu Nachrichten anratterten.

„Ika ist bestimmt okay. Deine Eltern auch." Juzilia wollte Mut verbreiten. Sie selber hatte aber Angst.

Yulia wirkte durcheinander, zeigte aber Fassung. Schon sahen sie Loch vier. Das erinnerte an eine Filmhandlung. Löcher, in klarer Reihenfolge, keiner weiß warum.

In dem Film „Die Vögel" wusste auch niemand bescheid. Aber die Vögel kamen, sammelten sich, waren ruhig, sammelten sich weiter, und dann kam es zur Attacke. Das wurde zum Gesetz.

So auch hier. In Wumms, zudem in Sprichen.

Derweil kommt es im örtlichen Restaurant zu einer Diskussion zwischen Einwohnern und Gästen über die Bewertung der Vorkommnisse. An den Wortgefechten sind unter anderem eine starrköpfige Hobby-Ornithologin (die einen geplanten Angriff von Vögeln lächerlich findet) sowie ein von Endzeitphantasien besessener Trinker beteiligt. Noch während der Debatte geht eine gegenüberliegende Tankstelle infolge eines weiteren Vogelangriffs in Flammen auf. Kurz darauf attackiert ein großer Schwarm Möwen den Ort. Mitch und Melanie können sich im Restaurant in Sicherheit bringen, wo eine aufgebrachte Frau Melanie beschuldigt, Auslöser für die dramatischen Ereignisse zu sein, da diese erst mit ihrer Ankunft in Bodega Bay begannen. Als Mitch und Melanie zu Annies Wohnung fahren, um Cathy abzuholen, finden sie Annie tot auf den Stufen ihrer Veranda. Die im Haus verängstigt wartende Cathy berichtet, dass Annie von Vögeln getötet wurde, nachdem sie sie in Sicherheit gebracht hatte.

Zusammen mit Melanie verbarrikadieren sich die Brenners in ihrem Haus, doch die zugenagelten und mit Brettern verstärkten Türen und Fenster werden von den Vögeln überwunden. Nach einer mühsam abgewehrten Attacke verharrt die Familie erschöpft im Wohnzimmer.

Beide Frauen wollten nach Hause, aber die Abfolge der Löcher machte ihren Gang beschwerlich. Denn jede nächste Ansammlung war größer als die davor. Jedes Loch mehr ließ auch mehr Leute herbeieilen.

Irreal.

Yulia protestierte. Das ganze Leben sei doch irreal. Warum stirbt A, während B lebt? Allein das sei doch irreal. Warum stirbt A mit 4 Jahren, im Krieg, und B mit 90 Jahren, im Frieden und im Bett. Allein das sei doch irreal.

Juzilia wollte jetzt nicht mit ihrem Gott kommen. Sie schämte sich für ihren Gott. Vielleicht hatte Yulia ja selber Verwandte verloren, durch Bösrussen. Es gab Gutrussen, aber derzeit wohl mehr Bösrussen.

Zumindest bei denen, die alles zerschossen und zerbombten.

Es könnte ja sein, dass Yulia ohne ihre Schwester leben musste, oder ohne einen Onkel Alexej, wenn er denn so hieße. Das konnte doch alles sein.

„Yulia, hast du wen verloren? Tote? In der Ukraine? Ich habe gar nicht gefragt."

„Nett, dass du fragst. Ich habe einen Onkel verloren, Ludomir, dessen Frau lebt, aber sie ist steif an einem Arm. Dann habe ich noch einen Cousin, dem wurde das Bein komplett abgequetscht, weil eine Rakete deren Haus zerstörte, und die Trümmerteile, die zerstörten dann auch."

„Oh, das ist ja wirklich schlimm."

„Krieg ist so schlimm. Wieso fängt so einer das an? Und wieso darf er dann im Kreml speisen, gut speisen? Wieso? Was sagt denn Gott dazu?!"

„Du glaubst auch?!"

„Ich glaubte. Wir sind ja orthodox. Dass ein Patriarch für diesen Krieg sein kann, das spricht doch gegen Gott. Auch bei euch, du bist vielleicht katholisch oder evangelisch. Jeder Pfarrer, der für den Krieg Werbung macht, für diesen Angriffskrieg wohlgemerkt, der ist ein Beweis gegen die Existenz Gottes."

„Und Pfarrer, die dafür sind? Pfarrerinnen gibt es

bei den Evangelischen ja auch noch."

„Die kennen vielleicht Gott, können aber auch nicht erklären, warum Gott die Pro-Angriffs-Leute als ‚Gottesanbeter' durch die Welt eilen lässt. Götter helfen dir im Krieg nichts."

„Und wer macht die Löcher? Gott?"

„Ich weiß es nicht. Ich hasse diese Lärm, ich hasse diese Geräusch ... und nun hasse ich auch diese Locher. Wir hatten viele Locher in der Ukraine, immer nach Bumm und Bumm und wieder Bumm. Aber eure Locher sind anders vielleicht. Ich verstehe da nichts!"

„Yulia, ich doch auch nicht. Diese Geräusche, die haben mich den ganzen Tag schon beunruhigt. Aber es schien alles gut. Dann kam aber von Julchen nichts zurück, meine Freundin, die hat immer noch nicht geschrieben. Die könnte jetzt auch in dem Auto doch sitzen, in so einem Loch. Tot."

„Ja, aber noch ist Hoffnung vor Orten, verstehest du?"

„Sicher, Yulia, man hofft, solange man kann. Frau auch. Du hast Deine Verwandten, da ist es schon geschehen, das Schlimme. Nun hoffst du für deinen Mann, für deine Eltern und für Ika und für alle Verwandten, die in der Ukraine noch keine Rakete abbekommen haben."

„So sei es, so sei es!"

Nun kam das nächste Loch. Alles war gewisser als gewiss. Die Leute dachten sich ihren Teil. Aber Yulia und Juzilia auch. Es ging um vielleicht 50 Tote, der Bus soll voll gewesen sein. Das Loch muss sich unmittelbar aufgetan haben, in einer Zehntelsekunde. Da war keine Zeit für nichts. Alles sackte weg, dann waren die Fahrzeuge verschluckt. Einer hatte Schreie gehört, dazu das Geräusch, wenn Metall zusammenpurzelt. Schreie und Metall und Dreck. Diese Mischung war das Geräusch, Yulia würde weiter von „die Geräusch" sprechen. Irgendwie kam alles dem Krieg schon sehr nah.

Julchen konnte in einem der Autos gelegen haben, von den Löchern zuvor, hier im Bus wird sie aber nicht gesessen haben.

Da war doch dieser schreckliche Unfall in Griechenland, wie konnte sie den denn heute schon nahezu vergessen haben?

Juzilia schämte sich fast schon.

Ermittlungen in Griechenland : Zugunglück wohl wegen „menschlichen Fehlers"

Datum:

02.03.2023 08:05 Uhr

Noch immer laufen die Bergungsarbeiten nach dem Zugunglück in Griechenland. Die Regierung verspricht vollständige Aufklärung und geht von menschlichem Versagen aus.

Nach dem schweren Zugunglück in Griechenland mit mindestens 42 Toten soll am Donnerstag ein festgenommener Bahnhofsvorsteher vor Gericht aussagen. Dem 59-Jährigen wird fahrlässige Tötung vorgeworfen.

Alles weise darauf hin, dass das Drama „hauptsächlich aufgrund eines tragischen menschlichen Fehlers" passiert sei, sagte Regierungschef Kyriakos Mitsotakis. Er sicherte den Menschen am Mittwochabend zu, die Umstände des Unglücks vollständig aufklären zu lassen.

Schon kurz nach dem schweren Unfall kam Kritik von Eisenbahnern und deren Gewerkschaft auf, dass das elektronische Leitsystem auf der Strecke Athen - Thessaloniki schon länger nicht arbeite. Deshalb seien die Bahnhofsvorsteher dafür verantwortlich, die Züge quasi von Hand zu koordinieren.

Nahe dem Unglücksort demonstrierten Menschen am Mittwochabend gegen den schlechten Zustand des griechischen Bahnnetzes. Sie hielten Schilder wie „Die Privatisierung tötet" hoch. Zugleich wurden vor dem Bahnhof der Stadt Blumen niedergelegt und Kerzen aufgestellt, um der Opfer zu gedenken.

Und das Erdbeben!

Die Löcher verdeckten auch alles um das schlimme Erdbeben: Der Mensch vergisst so schnell, aber nur die Fakten. Die Traumata sind wie einoperiert, über Jahrzehnte. Für immer. Ukrainische Mädchen zittern auch noch als Erwachsene bei „die Geräusch". Und das sind ja kleinere Traumata, als wie wenn Teile von Körpern abgerissen werden, Menschen zerfetzt werden, und da schaut jemand zu. Da sind Traumata mit viel mehr Ausmaß.

Da gab es Infos auf der Seite vom Auswärtigen Amt. Wir nennen nur die Fragen, die man dann zu bedenken hat.

Nüchtern, aber diese Fragen sind alle Teil um das Unglück herum. Sie müssen alle beantwortet werden. Beantwortet werden muss auch noch, ob jemand Wohngeld bekommt, wenn es keine Wohnung mehr gibt. Vielleicht gab es in der Türkei kein Wohngeld, dann musste diese Frage nicht gestellt werden. Es ändert aber nichts daran, dass bei einem Unglück „unmögliche" Fragen auftauchen können, die hernach doch real sind.

Ich erreiche meine deutschen Angehörigen in der Türkei nicht. An wen kann ich mich wenden? Was kann ich tun?

Mein Pass ist in den Trümmern in der Türkei verloren. Ich möchte nach Deutschland zurück. Was kann ich tun?

Ich bin deutsche/-r Staatsangehörige/-r und durch das

Erdbeben in der Türkei jetzt obdachlos. An wen kann ich mich wenden?

Ich möchte meine vom Erdbeben betroffenen Angehörigen nach Deutschland holen – welche Möglichkeiten gibt es?

Was bedeutet die Visumsverfahrensvereinfachung, die der Berliner Senat beschlossen hat?

Meine Familie hat bereits einen Antrag auf Familienzusammenführung bei der Botschaft Ankara gestellt/ sich für einen Termin zur Beantragung der Familienzusammenführung registriert und ist nun vom Erdbeben betroffen. Wie kann ich das Verfahren beschleunigen?

Ich möchte spenden. Wo kann ich das?

Ich habe Sachspenden gesammelt. An wen kann ich die Sachspenden übermitteln? Übernimmt die Bundesregierung die Transportkosten/die Logistik?

Ich möchte einen Hilfstransport organisieren. Was ist zu beachten? An wen kann ich mich wenden?

Mein Unternehmen möchte einen Hilfstransport/ eine große Sachspende organisieren. Was ist zu beachten?

Ich möchte selbst in das Erdbebengebiet fahren und vor Ort helfen. Was muss ich beachten?

Was tut Deutschland, um die Menschen in der Türkei und in Syrien zu unterstützen?

„Yulia, wir kommen so furchtbar langsam weiter. Wissen deine Eltern denn, was los ist. Ika auch?"

„Ja, alles informiert. Wir haben die ganze Tag über ‚die Geräusch' schon kommuniziert. Das ist unser Thema. Krieg ist unsere Thema, die Lärm sowieso."

Wir warten auf das nächste Loch.

Dieses war größer als alle anderen zuvor, aber diesmal wieder ohne Fahrzeuge, also ohne normale Fahrzeuge. Ein Panzer war darin, ein russischer Panzer, ziemlich kaputt, vorher wohl schon beschädigt, der lag nun in diesem Loch. Da werden es wohl Zehntausende schon gewesen sein, der Auflauf. ja, ähnlich viele, wie bei den Demos, die es in den letzten Tagen so gab. Nicht nur die Wagenknecht_ Schwarzer-Versammlung, da waren ja auch andere, mit anderer Idee, gegen Russlands Krieg, während Schwarzer und Wagenknecht kaum gegen Russland zu sein scheinen. Die würden Putin die halbe Ukraine geben, und den für seinen Angriff noch belohnen. Das ist deren Frieden. Und das auch noch, ohne die Ukraine zu fragen!

Hatte Dasso gesagt.

Aber Juzilia erinnerte sich nun daran.

Und dann der Panzer, den sie nicht sehen konnte, wegen der vielen Menschen, aber von dem man ihr erzählt, nun, hier, vor Ort: Der kam ihr auch bekannt vor. Hatte nicht einer in Berlin gestanden, gegenüber der russischen Botschaft?! Als Kunst- und Protestobjekt? – Ja, hatte da gestanden!

Kriegsprotest Initiatoren vom Museum „Berlin Story Bunker"
stellen Panzer vor die russische Botschaft
  Fr 24.02.2023 | 21:45 | rbb24 mit Sport

Vor der russischen Botschaft in Berlin-Mitte steht seit Freitagmorgen ein Panzerwrack, mit dem an den Jahrestag des russischen Angriffs auf die Ukraine erinnert werden soll. Der zerstörte russische Panzer vom Typ T-72 soll einige Tage lang vor dem Gebäude Unter den Linden als Mahnmal gegen den Krieg stehen.

Beitrag von Norbert Siegmund

Und auf berlinstory.de liest der wache Mensch:

Dieses Panzerwrack vor Moskaus Botschaft in Berlin ist ein Symbol des russischen Untergangs. Der Panzer wurde von ukrainischen Soldaten zu Beginn der russischen Invasion auf dem Weg nach Kyiv zerstört. Am Tag, als sich die Russen Anfang April 2022 zurückzogen, war Enno Lenze auf dem Weg nach Bucha und Kyiv – auf dem Foto oben.
  Enno Lenze: „Ich bin gerade aus der Ukraine zurückgekommen, war diesmal kurz vor dem AKW Saporischschja. Zuvor in Charkiw schlug neben meiner Unterkunft eine russische S-300

Rakete nachts in eine leerstehende Schule ein. Das Morden und den Terror gegenüber der Bevölkerung habe ich bei jedem Besuch mit eigenen Augen gesehen. Dagegen will ich am richtigen Ort in Berlin deutlich Stellung beziehen."

Wieland Giebel: „Wir wollen den Terroristen ihren Schrott wieder vor die Tür stellen. Sie haben gemordet, geplündert, Millionen Menschen vertrieben und machen einfach jeden Tag weiter."

Das Projekt haben wir bisher vorfinanziert – knapp sechsstellig. Sie können das Projekt hier mit einer Spende unterstützen.

Leider wusste Yulia von allem nicht so viel, ihre Gedanken flogen meist nach Hause. Aber auch Juzilia war nicht so sehr informiert. Ja, von Clueso und von den Kardashians, da wusste sie was. Aber von all diesen Nachrichten aus dem Tagesgeschäft von Krieg, Politik oder gar Kunst, da wollte sie nicht so viel wissen.

Könnte es sein, dass genau dieser Panzer, der letztlich Teil einer Kunstaktion geworden war, nun in diesem Loch in Wumms liegt? Und Zehntausende stehen drum herum, weil bei jedem Loch immer mehr Menschen stehen, weil ja alles „geteilt" wird, und schon sind die Nachrichten raus. Dann eilen alle herbei, auch Leute, die Fotos schießen wollen, um Follower, neue Follower, mit dem Leid anderer zu ergattern

Krieg war hier auch eine Maßnahme, um an neue Follower heranzukommen.

Erste hatten auch schon gepostet. „Krieg in Wumms: Es sind wilde Bilder. Löcher über Löcher. Die Menschen in Angst."

Yulia und Juzilia hatten beide auch Angst. Sie machten da keinen Unterschied. bei Juzilia war es diffuser, sie hatte akut keine Angst um Dasso, auch nicht um die Mutter, auch nicht um Schwester Silke und deren Kurt.

Sie sorgte sich um Julchen, aber da war der Zusammenhang noch völlig unklar. Sie könnte ja auch in einem Funkloch sein, Stunden schon, da war es vorbei mit WhatsApp und Co.

Yulia hatte viel konkretere Angst, war aber an Krieg schon mehr gewöhnt. Dadurch konnte sie nach außen hin bei Geräuschen die Fassung wahren, aber ihr Ehemann hätte gewusst, wie sie innerlich zittert. Dieser Ehemann aber war nun im Krieg, was immer er tat ... schießen? Wie? Graben? Panzer? Keller? Nachschub? Was? Es war alles nicht sehr deutlich.

Aber man musste sich natürlich um solch einen Ehemann sorgen. Ika und diese Geräusche, das war eine Sache für sich. Das betraf dann alle Mädchen und Erwachsenen und Jungs und Großeltern, die diese Geräusche in der Ukraine schon mal gehört hatten.

Würde aber jemand ganz schlimm traumatisiert sein, durch Verletzungen und Verstümmelungen, die live miterlebt wurden, das wäre dann eine ganz andere Traumasache. Das wäre was für die Wissenschaft, gewiss, aber dass es Traumata gab, das stand stand ja fest. Da braucht man nichts mehr forschen. Die Frage wäre nur, wie viele Jahrzehnte hält welches Trauma.

Dass man aber über Jahrzehnte sprechen musste, war wieder eine Sache für Gott. Hey, Gott, wieso gibt es Traumata? Lass die Menschen doch ohne Traumata leben? Was soll der Quatsch mit den Traumata? Quatsch ist viel zu mild gesagt. Was soll der Wahnsinn mit den Traumata. Hey, Gott, gib Antwort.

Natürlich würde da nichts kommen.

Keine Antwort, kein Gott.

Yulia zog Juzilia nun weiter. Sie müssten doch mal alle Löcher abgearbeitet haben. Sie müssten doch mal zu ihren Wohnungen gelangen, sofern diese noch standen.

Vernünftige Menschen denken sich nämlich, dass es nach solch einer Anzahl von Löchern doch sein kann, dass es noch viel schlimmer als schlimm kommt. Es gab Häuser, die bei etwas Starkregen schon abrutschten. Ja, da musste man 2023 mit rechnen. Ganz ohne Krieg schon.

Die ganze Natur war in Bewegung, zu viel Wasser, zu wenig Wasser, immer da so, und dort so. In Frankreich gab es akut zu wenig Wasser. Seit Jahrzehnten deutlich dauerhaft zu wenig Wasser. Sorge.

Anderswo dann Sturm und Starkregen und abrutschende Häuser.

Der Wahnsinn von Putin und Konsorten ist doch, dass diese Dinge uns sowieso schon alles verleiden. Der Klimawahn, also nicht Wahn, der reale Klima-Umschwung, ist per se für die Menschen schon eine unlösbare Aufgabe. Und in diese Hyperproblemlage haut der seinen Krieg noch hinein. Ja, es geht um Grauen, um Kriegsverbrechen, aber es geht eben auch um alle Menschen, wie sie leiden, wie sie jammern, wie sie ohne Nahrung sind, ohne Häuser, wenn die Fluten kommen, wenn alles wegschwimmt, was mit normalem Leben zu tun hat. Dann dieser Putin, dann dieser Krieg. Als extra. Man glaubt es nicht!

So, nun wieder zur Ruhe kommen, Juzilia aber

musste auch annehmen, realistisch annehmen, dass auch Häuser verschluckt werden könnten, von diesen Löchern. Ganz ohne Frage.

Es wären dann nicht irgendwelche Häuser, sondern es wären die Häuser, die sie selber bewohnten, Wohnung in der Parterre bei Juzilia, Wohnung Dachgeschoss bei Yulia mit Eltern und Ika. So sah es doch aus!

Wir nähern uns Loch Nummer wie? Man vergisst die Nummern. Aber bei acht Kilometern müssen es mindestens acht Löcher sein.

Nach dem Panzerloch würde ein weiteres folgen. War es ein Haus?

Ja, es war sogar noch mehr. Das nächste Loch, das war eine Tankstelle, die komplette Tankstelle, aber nichts brannte. In dem Film „Die Vögel" hatte es gebrannt, hier aber war nur die Tankstelle, nichts an Feuer. Aber es mussten alle 20.000 oder 22.000, die um das Loch standen, Zigaretten löschen. Das schon.

Es standen mehr Leute da, als Wumms Einwohner hat! Man glaubt es nicht. Auch Sprichen bringt nicht 20.000 oder 22.000 auf die Beine. Vielleicht kamen die Katastrophentouristen schon mit Bussen hierher. Aber die stünden ja im Stau, weil doch heute der Nahverkehr streikte.

Wie wie würden denn Krankenwagen durchkommen, bei so einer Verkehrslage? Und bei der Anreise zum BVB? Kämen da noch Krankenwagen durch? Die Feuerwehr? Man musst an alles denken.

Hallo, denkt einer hier noch?

„Was ist in dem Loch?"

„Nichts, es ist nur ein Loch, kein Haus?"

„Doch, eine Tankstelle!"

„Aber das ist doch was!"

„Die brennt aber nicht."

„Sind Sie nur wegen des Brandes hier?"

„Ich hatte gehofft, es brennt. Man will ja was sehen."

„Haben Sie nicht genug Krieg im Fernseher?"

„Wieso Krieg? Ich dachte, es geht um Löcher und um Geräusche. Wieso Krieg?"

Juzilia war schon einen Schritt weiter. Das stimmte. Sie war schon im Krieg, der Passant war noch bei einem „sensationellen Unglück", Nervenkitzel garantiert.

Yulia brauchte auch keinen Nervenkitzel, aber sie war doch recht genervt. Sie meinte, es könnten die Löcher plötzlich alle 500 Meter auftauchen, was wäre dann? Ein Loch könnte auch mal einen Kilometer Durchmesser haben? Was wäre dann?

Juzilia wusste nichts zu erwidern.

Diese Löcher waren Willkür, so wie man in der Ukraine den Einmarsch als Willkür erlebt haben musste.

Wumms war Opfer von einer Loch-Willkür. Aber niemand wusste wieso. Alle liefen zusammen, staunten und guckten. Aber dass eine Verbindung zum Krieg in der Ukraine hier vorliegen könnte, das dachten wohl nur Yulia und sie selbst. Die Masse der Menschen aus Wumms (der Wummser an sich) schien ahnungslos. Und die Menschen in Sprichen, denen musste es ähnlich gehen.

Kammerling, wo Mama wohnte, da war alles noch offen. Aber Dasso hatte vermutet, dass dort ja auch Löcher auftreten könnten. In Dortmund aber auch. Auch auf allen Autobahnen. In Köln, Düsseldorf, Gütersloh, Paderborn, überall konnten Löcher auftauchen. Aber es machte keinen Sinn, sich jetzt via Handy mühsam Infos reinzuholen.

Die Mutter wollte sie auch nicht anrufen, das gäbe nur Stress.

Silke und Kurt ließ man besser in Ruhe, erst einmal, die waren ja auch nicht blöd. Die würden das schon selber mitbekommen. Und Dasso sollte sein Spiel sehen, oder er sollte sein Spiel nicht sehen. Das würde Gott entscheiden, Gott in seinem ausgemachten Wahnsinn, wo sich alles widerspricht.

Sie hatte heute doch etwas von ihrem Glauben verloren. Gute 20 Prozent.

Juzilia redete darüber nicht, aber sie dachte es.

Sie dachte und dachte. Kein Gott, kein Gott, kaum ein Gott, etwas Gott, nein, kein Gott. Und sie schämte sich.

Yulia dachte an den Mann, an Ika, an die Eltern, und an alle anderen, die sie kannte

Dasso dachte an den BVB, aber auch an Juzilia. Kurt und Silke dachten an alles, weil sie nun auch Nachrichten von den Löchern bekamen.

Welche Menschen gab es noch?

Juzilia überlegte, welche Menschen sie überhaupt in ihrem Geiste kannte. Die von der Stadt, von Waldemar über Benzic und Holitschek, die kamen nicht in ihren Sinn.

Whitewashing müsste man es nennen.

Der Kopf war leer. Wo kamen die Löcher im Schweizer Käse her? Müsste man es nicht umdeuten: Wo kamen die Löcher im Kopf nun her? Wieso konnte sich Juzilia an kein Gesicht vom Rathaus Sprichen erinnern? Wieso? Und was dachte der Bürgermeister?

Würde Gise bald wiederkommen. Wer war Gise? Wie war ihr Gesicht? Könnte Juri Long-Covid endlich mal überstanden haben? Wäre das eine Idee? Eine Möglichkeit?

Fragen über Frage: Antworten keine.

Sollte sie beim Auswärtigen Amt anrufen. Was soll man tun, wenn es überall Löcher gibt, hier in Wumms ist das so. Na?

Jeden Kilometer ein Loch, Yulia meinte, die Löcher könnten bald auch kürzere Abstände haben. Vielleicht ist da am Ende eine Perforation, dann kann man ähnlich zu einer Erdbebenkante die ganze Erde wegreißen, eine Perforation, das sind viele Punkte.

Da dann wegreißen, und dann sind es keine Löcher mehr, sondern halb Wumms und Teile von Sprichen wären dann weg ... und nur noch ein gigantisches Loch. Da könnte man Wasser hineinfüllen und drin baden. Machen die doch auch mit alten Braunkohlelöchern. Die PKW von den Lochstürzen heute müssten raus, auch die LKW, auch der Bus. Das Benzin müsste ebenso raus, auch die Tankstelle. Danach Wasser, dann ein See, dann endlich Urlaub.

Juzilia versuchte herunterzukommen. Sie wollte ohne Löcher im Kopf ... und wieder bei Sinnen sein.

Yulia stupste sie an: „Dort!"

Und „dort" war das nächste Loch: Das waren

jetzt nicht 500 Meter, nicht 300, das waren höchstens 150. Da hatte sich die Lochquote also wirklich schon nah in die Perforation herangearbeitet. Jetzt lagen vier Schulklassen in dem Loch, Menschen am Loch diesmal keine, denn die mussten erst von dem anderen Loch noch herübereilen. Vier Schulklassen, 10 Jahre, 11 Jahre, 12 Jahre alt, Kinder, kaum Jugendliche, alle mit Fahrrädern, zwei auf Skaterschuhen, mit Sondererlaubnis, die lagen alle in dem Loch. Waren aber scheinbar schon tot. Es gab keinen Mucks. Auf denen liegen da Sand und Erde, die waren verschluckt worden, und die waren verschüttet worden, als ein Vorgang.

„Yulia, sieh nur!"

„Kinder!"

„Tot!"

„Ja, tot. Die Geräusch kann töten. Die Loch auch, die Lärm auch!"

Für Yulia waren es die großen drei Instanzen: die Geräusch, die Lärm, die Loch, oder auch umgekehrt. Da gab es keine weisen Menschen mehr, keine Könige und keine Myrrhe und der ganze Verzähl. Nein, es gab Loch um Loch, Tod um Tod, und hier waren es bestimmt 90 bis 100 Kinder.

Auf einen Streich.

Streich!

Sie hatte eine Idee.

„Könnte es nicht sein, dass die Löcher nicht einfach so waren, sondern dass es Ergebnisse von der Einwirkung durch Waffen wären? Die Russen uns die Nordkoreaner, die hatten es doch immer mit neuen Waffen. Die anderen auch, die Amis auch, aber akut würde man sagen: Das sind die Russen und vielleicht auch die Nordkoreaner, oder beide zusammen, vielleicht mit Duldung von China." Yulia hatte wahre Geistesblitze. Der Krieg in der Ukraine hatte sie helle gemacht, sie konnte weit denken. Sie konnte Löcher zu einer Perforation denken, und nun dieses neuen Waffen.

„Wer tut es denn?"

„Wer? Ich nichts dazu wissen!"

„Warum?"

„Die Frage warum, das ist bei den Menschen so beliebt. Die Schöpfung kennt kein Warum, kennt keine Logik, kennt nur Irrsinn."

„Muss also noch jemand sterben?"

„Heute sterben noch Zehntausende, glaube mir das."

„Ist der Krieg endlich hier?"

"Ja, der Krieg ist in Wumms. Aber er wird auch Sprichen erreichen, auch Dortmund, Köln, Düsseldorf, Paderborn, Hannover, Berlin, alles."

„Ist der Krieg gerecht?"

„Nein!"

„Ist der Krieg gut?"

„Nein, der Krieg wird jedoch getan. Da sind irrwitzige Männer, gerne Männer, die kommen mit die Lärm, die Geräusch, mit die Waffen aller Art, mit die Locher kommen die auch!"

„Einer heißt Putin!"

„Aber ja, er hat eine neue Waffe. Diese fliegt, keiner hört sie, aber es ist da ein Geräusch, aber kein Waffengeräusch, nur eine Lärm, den keiner kennen tuten taten täte."

„Tuten taten täte! Yulia, du redest wirr"

„Das Leben ist wirr. Nichts hat Sinn, nichts bedeutet etwas. Am Ende musst du ohne Schmerzen durchkommen. Ein Spiel. Komme ohne seelische und körperliche Schmerzen durch dein Leben."

„Und wer darf bomben?"

„Offenbar jeder. Wenn man diesen Gott richtig versteht, wenn auf allen genau schauen tuten täten taten würde, dann sähe man, dass Gott jedes schlimmste Verbrechen erlauben würde wurde worden ist."

„Oh, Yulia, willst du nicht Ika anrufen?"

„Das tue ich schon die letzten Minuten. Dauernd. niemand geht ans Telefon. Das Haus könnte im

Loch sein."

„Schon? Wirklich?"

„Und deine Mama?"

„Ich wage nicht anzurufen. Dasso soll zu seinem Spiel kommen. Alles andere ist doch egal. Der letzte Tanz, das letzte Spiel."

„Und wir beide weinen Löcher voll?"

„Wir können nur weinen, was sollen wir sonst noch tun!?!? Putin hat eine neue Waffe. Nichts explodiert, aber es entstehen grausige Löcher. Scheinbar ohne Täter. In diese werden alle Menschen hineingezogen, sie sterben, scheinbar ohne Schmerzen, aber die Bomber mit Phosphorsäure, die werden eine Stunde später kommen. Oder acht. Wer dann noch lebt, stirbt durch diese Waffe II. So sieht es doch aus! Erst Löcher, dann trotzdem noch Bomber."

„Ach, Yulia!"

„Ach, Juzilia. Warum meldet sich dein Julchen denn nicht?!"